Peter Wagner

Straßenblaue Augen

Impressum

© Peter Wagner, Appenzellerstr. 94, 81475 München
Kein Teil des Buches darf ohne schriftliche Genehmigung des Autors
reproduziert werden.
Satz und Layout: Bookworm Buchproduktion

2009
Herstellung und Verlag:
Books on Demand GmbH, Norderstedt
ISBN 978-3-8391-1555-8

Peter Wagner

Straßenblaue Augen

Inhalt

Wir saßen an diesem Abend noch sehr lange zusammen, ich sah zwischenzeitlich wieder zum Fenster hinaus und mein Blick richtete sich in Richtung Vergangenheit. Wenn ich in meinem vierzigjährigen Leben auf eines stolz sein konnte, dann war es meine außerordentliche Beobachtungsgabe. Es war diese Mischung aus der Leidenschaft des Deutens und meiner Intuition, die mich immer wieder in außergewöhnliche Situationen mit ungewöhnlichen Menschen brachte. Mein Leben in dieser Großstadt war genau genommen lange Zeit ein einziger Scherbenhaufen, dessen einzelne Teile das ergaben, was ich war, jemand, der sich anscheinend nur noch im Grenzbereich wohlfühlte. Meine Abende bestanden zum großen Teil darin, Leute in irgendwelchen Cafés zu beobachten. Eine gewisse Mischung aus Souveränität und Unnahbarkeit bei meinen Besuchen provozierte meistens nach kurzer Zeit einen sehr intensiven Blickkontakt zu den weiblichen Gästen. Mein Auftreten war keineswegs gespielt, diese Lokale waren schlicht und einfach der einzige Ort, an dem ich meinen Gedanken freien Lauf lassen konnte. Dazu kam noch, dass ich im Sternzeichen des Fisches geboren wurde, ein Charakter, der mit dem Attribut intuitiv, visionär und undurchschaubar behaftet ist. Man konnte zweifellos sagen, dass ich der König unter den Fischen war. Meine bildliche Vorstellungskraft und meine Fantasie ließen mich sämtliche Situationen durchspielen. Wie würde es sein, sich auf ein Abenteuer mit einer dieser Frauen einzulassen? Wäre es nur eine kurze, intensive Affäre, die eine oder zwei Nächte anhielt, oder würde eine gesunde längere Beziehung daraus werden, in der neben Sex auch Nähe und Vertrauen eine Rolle spielten? Es waren genau genommen drei Frauen, die den Mut hatten, mich in den letzten Jahren anzusprechen, um herauszufinden, welche Geschichte sich wirklich hinter diesen Augen verbarg.

Es begann im Winter 2004, zu der Zeit, als mein Leben, so wie ich es kannte, nicht mehr stattfand. Die Tage, an denen ich von meinem Vater Abschied nehmen musste, jemandem, der mir bis dahin so viel Mut und Zuversicht gegeben hatte. Ich führte oft sehr lange und intensive Gespräche mit ihm, leider er erzählte mir nur Bruchstücke von seinen Erfahrungen mit dem rumänischen Geheimdienst. Zwei bis drei Tage, an denen er nicht nach Hause kam, waren nichts Besonderes. Er sagte nur, die Nächte seien besonders lang und schmerzhaft gewesen, aber seinen Willen konnten sie nicht brechen.

Jetzt, in diesem Winter, war der Gegner unsichtbar und noch brutaler als damals. Obwohl mein Vater die Verkörperung von Willensstärke und einer Kämpfernatur war, hatte er den Kampf gegen den Krebs verloren.

Blaublütiger Montag

Ich saß in einem meiner Lieblingscafés und befand mich in einer Art Wachkoma. Meine Gedanken pendelten zwischen meinem Vater und der Arbeit, die ich bald verlieren würde, hin und her. Die letzten Jahre in der Musikbranche waren schlicht und einfach die geilste Zeit seit meinem Singledasein. Für mich war es damals wie der Abschluss eines Plattenvertrags, obwohl es letztendlich nur um einen Job in der Poststelle ging. Und nun sollte ich meine Arbeit verlieren, nur weil in der heutigen Zeit das Ausgliedern bestimmter Unternehmensbereiche an der Tagesordnung war. Überhaupt fand ich, dass sich Deutschland in diesen Jahren in eine falsche Richtung entwickelte. Es regierten Angst und Unsicherheit durch Firmen, die ihre Mitarbeiter nur noch als Kostenfaktor ansahen. Leute, die keine Beziehung mehr eingingen, weil sie vielleicht wieder enttäuscht würden oder aufgrund ihres Aussehens und ihrer sozialen Situation nicht in diese coole Münchner Szene passten.

Der Preis war hoch: Menschen, die vereinsamten, sich zurückzogen und schlimmstenfalls in irgendeine Art von Abhängigkeit fielen. In der Singlehauptstadt Deutschlands hatte sich das Thema Bekanntschaften und Beziehungen zwischenzeitlich zu einer Geldvermehrungsmaschinerie entwickelt und wurde nur noch von Agenturen manipuliert. Meine letzte Beziehung, die mit einer Einladung zum Frühstück begann und mit einer Beichte endete, war wohl der Anfang meiner außergewöhnlichen Erlebnisse im Grenzbereich. Manuela legte sehr gerne Karten und ich war einer der wenigen Menschen, deren Nähe sie damals überhaupt zuließ. Schläge und regelmäßige Vergewaltigungen in ihrer Jugend hatten mit achtzehn Jahren zu ihrem ersten Suizidversuch geführt. Seit dieser Zeit spielte das Thema Sex für sie keine Rolle mehr. Dieser endgültige Schnitt, mit fünfundzwanzig Jahren in eine Art freiwilliges Zölibat einzutreten, löste eine tiefe Hilflosigkeit bei mir aus. Ihre tiefe Angst vor körperlicher Nähe, in der man all seine sexuellen Fantasien gegenseitig auslebte, machte mich wütend und doch konnte ich sie gut verstehen. Was hatte diese Großstadt bloß aus ihren Kindern gemacht! Nach sehr intensiven Gesprächen über Manuelas Jugend kam sie immer wieder zum selben Fazit. Wenn ich meine Zelte abbräche, müsse ich kein schlechtes Gewissen haben. An einem Sonntagmorgen war es dann so weit: Obwohl es mir unheimlich schwerfiel, kamen wir zu dem Entschluss, uns erst mal nicht wiederzusehen. Zum Abschied wollte mir Manuela noch mal die Karten legen. Ich stand der Sache eher skeptisch gegenüber, willigte aber doch ein. Es war ja durchaus reizvoll, einen Blick in die Zukunft zu werfen. Manuela sagte damals, in den nächsten Jahren würden sehr große Veränderungen in meinem Leben stattfinden, die mir meine Grenzen aufzeigten. Mehr konnte und wollte sie mir anscheinend nicht sagen. Ich nahm ihre Deutungen damals zur Kenntnis, machte mir keine weiteren Gedanken darüber.

Als sich meine Aufmerksamkeit wieder dem Geschehen im Lokal widmete, bemerkte ich auf einmal, dass noch zwei Gäste an dem Nachbartisch Platz genommen hatten. Er war um die fünfzig und seine durchaus attraktive Begleitung um die dreißig. Ich musterte beide eine Zeit lang und fragte mich, ob die beiden wohl ein Pärchen seien. Sie tranken Wein und mit zunehmendem Alkoholgenuss wurde die Diskussion immer angeregter. Ich beobachtete zwischenzeitlich wieder die Leute, die am Fenster vorbeischlenderten, und lauschte dabei gleichzeitig dem angeregten Gespräch am Nachbartisch. Sie feierten irgendeinen erfolgreichen Geschäftsabschluss. Der Gesprächigere von beiden war zweifellos der männliche Part, der im Gegensatz zu seiner Begleitung die Flasche Wein fast im Alleingang vernichtete. Man konnte nicht mehr überhören, wie er von seiner Firma, seiner tollen Frau und seinen Kindern erzählte. Die Frage der Beziehung zwischen den beiden hatte sich damit wohl geklärt. Ich hatte fast ausgetrunken und wollte zahlen. Plötzlich fragte dieser tolle Hecht am Nachbartisch seine weibliche Begleitung, ob sie denn jetzt zu ihr gehen könnten. Ein guter Fick am Montagabend sei doch nach so einem erfolgreichen Tag genau das Richtige. Er würde gerne mal was richtig Schmutziges ausprobieren, bei seiner Frau sei alles zur Routine geworden. Meine bis jetzt so abgeklärt wirkende Tischnachbarin verlor sichtlich die Fassung. Sie fauchte ihr Gegenüber an, wenn er sich nicht sofort mäßige, sei es mit ihrer Freundschaft vorbei. Er habe immer noch nicht kapiert, Privates und Geschäftliches voneinander zu trennen. Außerdem würde sie später gerne in ein anderes Lokal gehen, um etwas Vernünftiges zu essen.

Ich versuchte, mir nichts anmerken zu lassen, und sah durch das Fenster dem zwischenzeitlich regen Treiben auf der Flaniermeile Münchens zu. Nachdem sich alle wieder einigermaßen beruhigt hatten, würdigte mich diese wirklich faszinierende junge Frau das erste Mal eines sehr intensiven Blickes. Ihre rehbraunen Augen und ihr langes schwarzes Haar waren wirklich beeindruckend, die weit aufgeknöpfte schwarze Bluse gab dem Ganzen noch einen Hauch von Sinnlichkeit und Erotik. Wir sahen uns beide ungewöhnlich lange an und konnten ein gewisses Lächeln nicht verbergen. Auf ihre Brust hatte sie eine Rose tätowiert, die mich in eine kleine Zeitreise versetzte. Ich hatte dasselbe Tattoo schon mal gesehen, es war vor ungefähr zwei Jahren in einem Straßencafé von Marseille. Unsere Plattenfirma hatte sich damals in der Nähe des Hafens eingemietet. Ich trank gerade mein Bier in einer Bar unweit unseres Hotels, als sich dieses wunderschöne Mädchen mit ihrer Freundin dazugesellte. Sie war um die sechzehn Jahre alt und kurze Zeit später fand zwischen den beiden bei einem Glas Wein eine angeregte Diskussion statt. Diese Mischung aus jugendlicher Verspieltheit und Professionalität, mit der sie mit ihren körperlichen Reizen spielte, wirkte mehr als anziehend. Wäre sie zehn Jahre älter gewesen, hätte ich entgegen meinen Grundsätzen viel Geld ausgegeben, um eine Nacht mit ihr zu verbringen. Ich wusste, dass sich einige Leute, die in der Führungsebene unserer Firma angesiedelt waren, in diesen Tagen die Nächte in gewissen französischen Edelbordells vergoldeten. Eines Abends ging ich mit Andy die Hafenkneipen entlang, er war mein Zimmernachbar und musikalischer Mentor. Wir landeten in einem Viertel, dessen Straßen zum größten Teil von Schwarzafrikanern bevölkert wurden. Und auf einmal stand sie da mit noch einem Mädchen, das nicht älter als sechzehn Jahre alt war. Ich erkannte ihr Tattoo an ihrer Brust wieder, bereit, für eine paar Euros ihren noch zu jungen Körper zu verkaufen. Sie standen im Halbdunkeln der Eingangstür und das Haus war eine abgewrackte alte Bruchbude, in der sie anscheinend ihre Freier empfingen. Wahrscheinlich würden sie dafür noch Miete zahlen und den Rest an ihre Zuhälter abgeben. Vielleicht war es aber auch das Elternhaus, ihr Vater würde irgendwann besoffen nach Hause kommen, ihre Mutter gegen die Wand prügeln und sich dann an seiner Tochter vergehen. Ich musste beinahe kotzen, weil ich diese Dekadenz fast nicht mehr ertragen konnte. Einen Kilometer weiter residierten wir mit unserer Musikfirma in einem Fünf-Sterne-Hotel und einige Straßen weiter wurden junge Mädchen um ihre Jugend gebracht, mit Drogen willig gemacht und ihrem Schicksal überlassen.

Andy meinte: „Gib ihr hundert Euro und sie wird dir ewig dankbar sein. Entweder sie muss an einem oder zwei Tagen keinen von diesen perversen Typen über sich ergehen lassen oder sie wird sich ein Wochenende mit ihrer Freundin in einem kleinen Hotel einmieten, damit ihr Vater nicht über sie herfällt."

Andy war in Kolumbien aufgewachsen und kannte die Spirale aus Armut, Prostitution und Gewalt nur zu gut, obwohl er selbst der Sohn deutscher Einwanderer war, die sich keinen finanziellen Nöten hingeben mussten. Ich drückte ihr das Geld in die Hand und merkte, wie sie am ganzen Körper zitterte, da sie anscheinend noch nicht sehr lange in dieser Situation war. Ich bemerkte an ihren Handgelenken Striemen, die nur von Handschellen oder Stricken stammen konnten. Die oberen Knöpfe ihrer Bluse waren offen, plötzlich nahm sie meine Hand und drückte sie an ihre Brüste. Ihr Herzschlag war der einer gejagten Gazelle. Ich zog meine Hand zurück und streichelte ihr über das lange schwarze Haar, auf ihrer Stirn befand sich eine Narbe, die noch nicht sehr alt war. Eine Träne suchte sich ihren Weg durch dieses makellose Gesicht. Diese noch so jungen Seele ihrem Schicksal zu überlassen, war nicht richtig, und doch wusste ich, dass es keine andere Wahl gab.

Andy meinte, wir sollten jetzt in die nächste Hafenkneipe gehen und uns richtig volllaufen lassen. Diese Afrikaner stünden überall, auch wenn wir sie nicht sahen. Ich saß mit ihm beim ersten Glas Wein und war immer noch ziemlich durch den Wind. Er meinte, er werde jetzt Folgendes tun um des Friedens willen und eines entspannten Abends wegen. Da er ja der Einzige von uns beiden sei, der Französisch könne, werde er jetzt zu dem Mädchen gehen und mit ihr reden. Ich solle ihm noch mal fünfzig Euro geben, er werde sich als Freier ausgeben und mit ihr in diese abgewrackte Bruchbude gehen. Andy ging zur Tür hinaus und meinte, ich solle schon mal die nächste Runde Wein bestellen, in einer halben Stunde sei er wieder da. Er war zwischenzeitlich mit dem immer noch sehr verängstigten Mädchen auf ihrem Zimmer. Andy saß neben ihr und musterte ihre Arme: Es waren keine Einstiche zu sehen. Er werde ihr jetzt drei Dinge sagen und drückte ihr das Geld in die Hand. Sie solle auf keinen Fall versuchen abzuhauen, sonst würde ihr durch Drogen der letzte Funken Würde genommen. Außerdem solle sie die nächste Zeit so weit es gehe hierbleiben und nicht irgendwo anders anschaffen Es würden irgendwann Leute vom Jugendamt kommen und Fragen stellen. Wenn ihre Eltern für diese Situation verantwortlich seien, würde ihnen das Sorgerecht entzogen und sie käme in eine soziale Einrichtung. Aber das Allerwichtigste sei Folgendes: Sie dürfe ihre Würde und ihren Stolz nicht verlieren, das sei nur ein Job und in naher Zukunft hätte dieser Spuk ein Ende. Als Andy wieder im Lokal eintraf, fragte ich, was denn jetzt sei. Seit wann vertraute ich denn meinem musikalischen Mentor nicht mehr? Eines wisse ich nicht: In seiner Zeit in Kolumbien habe er als so eine Art Streetworker gearbeitet. Die katholische Kirche mit ihrer Zwangsmissionierung von Mexiko bis Brasilien habe sich ja nicht gerade mit Ruhm bekleckert. Aber wenn es um Menschenrechtsfragen gehe, sei es mehr oder weniger in allen Ländern gleich. Auch wenn wir morgen beim Jugendamt vorstellig würden, sehe jemand – wenn überhaupt – erst in ein paar Wochen oder Monaten bei diesem jungen Mädchen vorbei. Außerdem habe er mir einen interessanten Vorschlag zu machen. Wir waren zwischenzeitlich sehr gut befreundet und ich nahm an, dass es sich nur um Musik drehen könne. Er beherrschte die Gitarre wie kein anderer und gab mir zwischenzeitlich auch Unterricht. Außerdem hatte er sehr gute Kontakte zu diversen englischen Nachwuchsbands, die er leidenschaftlich unterstützte. Im Gegensatz zu mir arbeitete Andy nicht des Geldes wegen in der Musikbranche, sondern weil Musik sein Leben war und er von Jugend an nichts anderes machen wollte. Er hatte zwischenzeitlich seinen Vater und seine Mutter beerbt und war finanziell bestens ausgestattet. Andy hatte das Gefühl, dass es mit den großen Plattenlabels bald bergab gehen werde. Wenn es so weit sei, werde er mich in sein Team holen, das aus seiner Frau und ihm bestand, die er in Spanien kennengelernt hatte.

Und jetzt, zwei Jahre später, saß ich hier in einem Münchner Straßencafé und das Ebenbild des Mädchens aus Marseille saß neben mir. Sie hatte die Rose an der gleichen Stelle tätowiert und die fünfzehn Jahre, die sie vielleicht älter war, sah man ihr nicht wirklich an. Ihr Gesprächspartner hatte sichtlich mit Ermüdungserscheinungen zu kämpfen. Sie sah mich wieder mit diesem intensiven Blick an und fragte, ob ich denn nicht Lust habe, mit ihnen noch ein Glas Wein zu trinken. Von so viel Offenheit war ich sichtlich überrascht. Andererseits dachte ich: Warum eigentlich nicht? In meiner halb fertig renovierten Wohnung würde sowieso niemand auf mich warten. Ich willigte ein und nahm neben den beiden Platz. Ihr Name sei Simone und normalerweise würde sie keine fremden Männer in Lokalen ansprechen. Es wäre doch sehr ungewöhnlich, dass ein so interessanter Typ hier alleine rumhänge. Die Arbeit in der Musikbranche sei heutzutage sehr schnelllebig und hektisch, da sei man froh, mal ein oder zwei Stunden seinen Gedanken freien Lauf zu lassen. Aber trotz allem würde Musik in meinem Leben eine sehr große Rolle spielen, zudem lerne man einen Haufen cooler Leute kennen. Bei diesem Thema wurde ich wie immer sehr gesprächig und Simone hörte mir fasziniert zu. Ihre männliche Begleitung dagegen versuchte, halbwegs wach zu bleiben und nicht vom Stuhl zu kippen. Wir hatten fast ausgetrunken, als sie mich fragte, ob ich denn ein gutes Restaurant in der Nähe kenne. Da kam natürlich nur dieser hervorragende Grieche auf der anderen Straßenseite infrage. Man konnte vorzüglich essen, das Lokal war in einem geräumigen Keller untergebracht und hatte das Flair einer original griechischen Taverne. Simone meinte, ich könne doch mitgehen und wir würden alle drei noch einen gemütlichen Abend verbringen. Plötzlich klinkte sich ihr angetrunkener Tischnachbar in das Gespräch ein. Er habe jetzt die Schnauze voll, entweder Simone gehe mit ihm zu ihr nach Hause oder sie solle doch mit ihrem neuen Freund alleine zum Essen gehen. Das war ziemlich starker Tobak: vor mir eine wunderschöne Frau, die sich für mich oder einen angetrunkenen sowie verheirateten und paarungsbereiten Herrn entscheiden musste. Simone überlegte nicht lange und sagte zu ihrem Geschäftspartner, es sei wohl besser, wenn er nach Hause zu Frau und Kindern gehe. Der in seiner Ehre verletzte ältere Herr verließ das Lokal, stolperte fast und nahm noch das halbe Inventar mit. Ich war froh, dass die Situation wie auch immer geklärt war, heftige Wortgefechte oder eine Prügelei mit einem angetrunkenen Business-Fuzzy waren das Letzte, was ich heute brauchte. Simone ließ sich die Rechnung geben und wir verließen das Lokal in Richtung des Griechen. Die Taverne war halb voll und wir konnten uns eine wirklich kuschelige Nische nicht weit von einem Kamin aussuchen. Im Hintergrund lief griechische Musik und das Licht war leicht gedimmt. Langsam gewann ich den Eindruck, dass dies vielleicht doch noch ein richtig romantischer Abend werden könnte. Simone war vom Ambiente auch sichtlich beeindruckt und sagte zu mir, ich solle doch noch ein bisschen was über mich erzählen. Sie würde gerne wissen, was sich hinter diesen Augen verbarg, die anscheinend schon so viel gesehen hatten. Das war wirklich eine gute Frage, momentan sei es eine Mischung aus Schmerz, Wut und Hoffnung. Ich würde in den nächsten Tagen und Wochen zwei Dinge verlieren, die mir sehr viel bedeuteten: meinen Vater und den Job in der Musikfirma. Simone müsse sich das so vorstellen, ich befände mich auf einem großen weiten Feld und ein leichter Wind spielte mit den Grashalmen, die mich umgaben. Diese unendliche Weite, in der man sich verlieren würde. Der nächste Schritt könnte nach Norden oder Süden, Westen oder Osten gehen; allein mein Gefühl gab mir die Richtung vor. Jedes Geräusch und jede Bewegung waren wie Wegweiser, die mich auf meiner Reise begleiteten. Genau das war mein jetziger Gefühlszustand. In dieser Großstadt waren schon zu viele Blicke leer, deswegen gab es für mich immer nur ein Nach-vorne. Ich wollte endlich meine Leidenschaft als Künstler ausleben und jemanden finden, mit dem ich gemeinsam alt werden könne. Am liebsten würde ich mich als Musiker,

Schriftsteller oder bildender Künstler durchschlagen. Ob man damit Geld verdienen könne, stünde wieder auf einem anderen Blatt Papier. Aber irgendwann im Leben müsse man wissen, wo die Reise hingehe, und auch gewisse Einschränkungen in Kauf nehmen.

Simone fand das sehr schlüssig und mutig. Die Sache mit meinem Vater sei sehr traurig, aber eines war sicher: Wenn ich über Musik oder Kunst im Allgemeinen redete, dann sprühte ich nur so vor Leidenschaft. Ihrer Meinung nach war das die beste Voraussetzung, um in diesem Bereich eine erfolgreiche Zukunft zu haben. Ich sah Simone an und wieder konnten wir uns beide ein gewisses Lächeln nicht verkneifen. Mir fiel auf einmal dieses wunderschöne, mit Steinen besetzte Armband an ihrer rechten Hand auf. Wären diese echt, könnte ich damit wahrscheinlich ein Jahr meinen Lebensunterhalt finanzieren. Sie bemerkte mein Interesse an ihrem Armband. Es sei ein Geschenk ihres Vaters zu ihrem achtzehnten Geburtstag gewesen und jetzt, fünfzehn Jahre später, streite sie mit ihren zwei Schwestern um eine Erbschaft, die nur für böses Blut sorge. Sie wolle jetzt nicht weiter darüber reden, momentan müsse sie sich aber um ihre finanzielle Situation keine Sorgen machen. Ihr Vater, dem es momentan nicht so gut gehe, bezahle ihr Monat für Monat die Miete für eine wunderschöne Wohnung im Herzen Münchens. Alle paar Monate sei sie im Badischen, um ihn zu besuchen. Ihre Mutter käme aus Frankreich und habe dort auch ihren Vater kennengelernt. Wahrscheinlich sei sie das beste Beispiel, das Geld nicht wirklich glücklich mache. Hoffentlich wisse ich, auf was ich mich da einließe. Meine dringendste Frage war aber momentan, was diese Rose, die auf ihre Brust tätowiert war, zu bedeuten habe. Ich hätte genau dasselbe Zeichen in Frankreich bei einem jungen Mädchen schon mal gesehen. Simone lächelte, die Rose sei in gewissen Gegenden Südfrankreichs ein Symbol für Schönheit und Zerbrechlichkeit. Es werde ab und an gerne von Prostituierten verwendet. Ich müsse mir aber keine Gedanken machen, sie wisse das von ihren unzähligen Aufenthalten in Südfrankreich. Ihr Tattoo sei lediglich ein Liebesbeweis an die wunderschöne Gegend in der Provence. Da dieses Symbol für Schönheit stehe, sei es nur schlüssig, dass sie es trage. Ob hinter diesem Körper jemand stecke, der sehr zerbrechlich sei und des Schutzes bedürfe, würde ich gerne herausfinden. Ich sah sie an und streichelte ihre Hand, dabei überkam mich dieses eigenartige Gefühl, das ich so noch nicht kannte. Der Eindruck einer Seelenverwandtschaft, was Simone betraf. Ich kannte sie kaum vier Stunden und doch redeten wir über alles, wir hatten uns vorher noch nie gesehen und doch überkam mich das Gefühl, als sei ich schon Jahre mit ihr zusammen. Meine Hand fuhr durch Simones Haar und kurze Zeit später spürte ich ihre Zunge in meinem Mund. Dieser emotionale Ausbruch dauerte einige Minuten, bis wir plötzlich merkten, dass unser Kellner gerne die Bestellung aufnehmen würde. Sie meinte, das mit dem Essen sei nicht so dringend, er solle uns doch eine Flasche Rotwein bringen. Ihre Tätowierung brachte den Kellner sichtlich aus der Fassung, da er kurze Zeit später noch mal fragte, welchen Wein wir denn bestellt hätten. Simone musste lachen und meinte: „Bringen sie uns doch einfach den Hauswein."

Kurze Zeit später befand sich ihre Zunge schon wieder in meinem Mund und die übrigen Gäste waren von so viel Leidenschaft sichtlich beeindruckt. Simone meinte, auch wenn die Rose bei ihr vielleicht nicht dieselbe Aussage wie in gewissen

Kreisen habe, wisse sie die südfranzösischen Liebespraktiken sehr zu schätzen. Es sei eine sehr experimentierfreudige Gegend, nicht nur der Küche wegen. Ich musste lächeln und war von so viel Offenheit schwer beeindruckt. Unsere Hände waren überall, nur nicht auf dem Tisch, es war ein emotionales Feuerwerk der besonderen Art. Das Lokal war noch halb voll und das Pärchen gegenüber fragte den Kellner, ob sie denn auch diesen Hauswein haben könnten. Simone war zwischenzeitlich an meine Seite gerutscht und schmiegte sich an mich. Plötzlich kam mir dieser Gedanke und ich sagte, ich hätte ein Anliegen, das man nur mit französischem Akzent formulieren könne: „Tanz für mich ganz langsam."

Simone konnte sich vor Lachen kaum noch halten und meinte, das sei durchaus noch ausbaufähig. Sie stand auf, zerrte mich zu ihr und sagte, alleine gehe das heute Abend irgendwie nicht mehr. Ihre beiden Hände lagen um meinen Hals und der Tanz war eher ein Vorspiel kurz vor dem Liebesakt. Als wir wieder auf unseren Plätzen saßen, fragte unser Kellner, ob wir denn noch eine Nachspeise wollten. Simone war plötzlich unter dem Tisch verschwunden und kam auf einmal zwischen meinen Beinen wieder zum Vorschein. Ich verschluckte mich beinahe bei meinem letzten Glas Wein und sagte, wir würden dann zahlen. Hoffentlich habe unser emotionales Feuerwerk keine Auswirkungen auf die anderen Gäste gehabt. Unser Ober lächelte: Nein, im Gegenteil, er habe heute so viel Hauswein wie schon lange nicht mehr verkauft. Simone war zwischenzeitlich wieder unter dem Tisch hervorgekommen, hatte wieder einen ihrer Lachanfälle und gab ihm ein ausgiebiges Trinkgeld. Wir gingen anschließend noch in einen Club, der sich im achten Stock eines Hochhauses direkt an der Flaniermeile Münchens befand. Man hatte von hier einen wunderschönen Ausblick auf das abendliche Treiben. Diese Unmenge von Menschen und die Lichtkegel der vielen Autos sowie der Cafés und Kneipen lieferten ein richtiges Postkartenmotiv.

Der Club besaß eine große Lounge mit vielen Couchs und Nischen, in denen man chillen konnte und R-´n´-B-Musik im Hintergrund lief. Simone lag mehr oder weniger auf mir, da diese Sofas wirklich sehr groß waren und zum Herumlümmeln nur so einluden. Meine Hände befanden sich irgendwo unter ihrer Bluse, während sie mit einer Hand meine Haare durchkämmte und die andere irgendwo im unteren Bereich meiner Beine hin und her wanderte. Es war schlicht und einfach nur der Augenblick, den wir beide genießen wollten. Wir hätten wahrscheinlich stundenlang in dieser Position verharren können. Es ging an diesem Abend nicht um irgendwelche sexuellen Eroberungen, deren Höhepunkt der Beischlaf war, es ging schlicht und einfach um Nähe und Geborgenheit. Als dann zwischenzeitlich noch Musik von Norah Jones lief, war der Abend wirklich perfekt. Ich kannte diese Sängerin von einem Livekonzert in Frankfurt. Es war eine neue Art von Jazz in seiner einfachsten Form mit leichten Pop-Elementen bestückt. Die Lieder waren genauso wie dieser Abend: sehr klar und schön. Es war Musik, bei der man sich treiben lassen konnte. Irgendwann um drei Uhr morgens beschlossen wir dann beide, dass jeder zu sich nach Hause geht. Am Abend würden wir uns wieder in diesem Café treffen, in dem wir uns das erste Mal begegnet waren.

Es war fünf Uhr nachmittags und ich saß auf einem Barhocker neben der Theke. Simone verspätete sich wegen eines Termins um eine halbe Stunde. Draußen herrschte dichtes

Schneegestöber und die Kerzen, die auf den Tischen flackerten, vermittelten den Eindruck eines richtig schönen Winterabends. Als sie zur Tür hereinkam, machte sie einen sichtlich gehetzten und nervösen Eindruck. Trotzdem war die Begrüßung in Form eines langen Kusses sehr intensiv. Sie stand zwischen meinen Beinen und wollte sich momentan nicht hinsetzen. Ihre Bluse war diesmal rot und die Kombination mit einer hautengen Jeanshose betonte ihre makellose Figur umso mehr. Neben uns saßen drei junge Kerle, von denen einer sehr auffällig ständig zu ihr rübersah. Ich fragte Simone, ob denn irgendetwas sei, sie mache einen leicht nervösen Eindruck. Es wäre schon Ok, in ihrem Büro herrsche mal wieder das ganz normale Chaos. Sie mache die ganze Drecksarbeit für die Kerle, die dann durch irgendwelche Abschlüsse für diverse Hausverkäufe wahnsinnige Provisionen erzielten. Ihr Gehalt sei dagegen ein schlechtes Trinkgeld. Simone drehte ihren Kopf Richtung Fenster und sah gedankenverloren dem Schneetreiben zu. Dazwischen legte sie wieder ihre Hände um meinen Hals. Diesen Vorgang wiederholte sie vier- bis fünfmal, bis ich schließlich noch mal fragte, was den los wäre. Ich war mir nicht mal sicher, ob sie zum Fenster hinaussah oder diesen Typen am Stehtisch ansah. Simone legte ihre Arme diesmal noch enger um meinen Hals und flüsterte mir ins Ohr, sie habe mir nur die halbe Wahrheit erzählt. Das mit ihrer Liebe zu Südfrankreich stimme, da ihre Großmutter ein kleines Haus in der Provence besitze. Ihre Mutter sei Französin gewesen und wäre in Frankreich gestorben, sie habe aus Liebe zu ihrem Vater für die Deutschen spioniert. Die Frauen, die des Verrats überführt wurden und aufflogen, konnten sich einer Strafe sicher sein, die sie mehr oder weniger zu Freiwild machte. Ihr Vater habe mit Simone nie über diese Sache geredet, sie wolle doch einfach nur wissen, was damals genau passiert sei. Deswegen habe sie auch fast keinen Kontakt zu ihm und er finanziere ihr diese tolle Wohnung im Herzen Münchens. Ich drückte Simone noch enger an mich und flüsterte ihr ins Ohr:

„Glaub mir, du solltest dir wegen dieser Sache nicht so viele Gedanken machen. Deine Mutter liebte deinen Vater anscheinend über alles und gab dafür ihr Leben."

Der Rest würde wahrscheinlich nur noch mehr Fragen aufwerfen. Simone meinte, was ihr aber momentan den letzten Nerv raube, wären ihre beiden Schwestern. Sie würden ihren Vater in regelmäßigen Abständen mit irgendwelchen Unwahrheiten, die ihr Leben betrafen, konfrontieren. Ich spürte, wie ihr Herz raste, es war wie damals bei diesem wunderschönen Mädchen aus Marseille. Der Herzschlag einer verfolgten Gazelle. Diesmal floss aber nicht nur eine Träne, sondern viele. Im Gegensatz zu Südfrankreich konnte ich diesmal die Dinge beeinflussen, es ging darum, so viel Zeit wie möglich mit Simone zu verbringen und die Augenblicke zu genießen. Ich streichelte ihr durchs Haar und sagte, sie solle mir nur ein kleines Lächeln schenken. Der gestrige Abend beim Griechen und die geilen Stunden im Club – das könne uns keiner mehr nehmen. Es war gerade mal sieben Uhr und wir hatten noch den ganzen Abend vor uns. Ich wischte ihr die Tränen aus den Augen und gab Simone einen langen, intensiven Kuss. Sie schenkte mir anschließend tatsächlich ein Lächeln und wandte sich zum Kellner, der ihre Bestellung aufnahm. Eine Flasche Rotwein werde uns heute bestimmt wieder die nötige Leichtigkeit verschaffen. Sie stand immer noch zwischen meinen Beinen und schmiegte sich an mich, obwohl mir das sehr unbequem erschien. Ich sagte, Simone solle sich jetzt setzen, mir würde das Stehen nichts ausmachen. Alle anderen Plätze im Lokal waren zwischenzeitlich belegt; sie nahm mein Angebot an. Wir tranken den ersten Schluck Rotwein und Simone genoss es sichtlich, dass ich jetzt zwischen ihren Beinen stand. Sie flüsterte mir ein leises „Es ist schön, dass es dich gibt" ins Ohr. Nach dem ersten Glas Wein suchten meine Hände den Weg in ihre Jeanshose, Simone erwiderte dies mit einem langen Zungenkuss. Ich streichelte ihre Oberschenkel, küsste sie auf ihre Tätowierung an der Brust, dann den Hals entlang bis zu ihrem Ohr. Ihre Hände waren überall, nur nicht am Tresen. Simone hatte ihre verspielte Leichtigkeit wiedergefunden und flüsterte mir kurze Zeit später ins Ohr, sie müsse morgen nach Baden-Baden fahren. Die Sache mit der Erbschaft gehe jetzt in die heiße Phase und es sei wahrscheinlich viel Papierkram zu erledigen. Sobald es gehe, werde sie aber wieder nach München kommen.

Wir tranken an diesem Abend noch einige Gläser Rotwein und Simone wurde immer gesprächiger. Sie sagte, das Schlimmste wären ihre beiden Schwestern, die sich von dem Geld ihres Vaters aushalten ließen. Jetzt, da er bald das Zeitliche segnete, versuchten sie ihren Erbanteil anzufechten. Simone sei das schwarze Schaf, das sich aus dem Staub gemacht habe, einer Erbschaft nicht würdig. Die Wahrheit wäre, dass es ihren Schwestern schlichtweg egal sei, wie und warum ihre Mutter damals umkam. Sie hätten ihren Vater nie danach gefragt. Er sei damals sehr viel unterwegs gewesen und habe nichts von dem Kokskonsum ihrer Schwestern mitgekriegt. Nebenbei ließen sie sich noch von irgendwelchen Söhnen aus gutem Hause von vorn und hinten durchvögeln. Sie hatte diese Umtriebigkeit ihrer Schwestern zufällig einige Male bei ihren Besuchen in Baden-Baden mitgekriegt. Und nicht mal das kriegten diese Waschlappen ordentlich hin. Es war die pure Dekadenz, die sich heute zum Teil in dieser sogenannten Oberschicht abspiele. Simone nahm einen kräftigen Schluck Rotwein und sagte, umso mehr habe sie sich in München verliebt und sei so froh, dass sie jemanden wie mich getroffen habe. Simone fragte mich, ob mein Vater den auch diese Stärke und Leichtigkeit besitzte, mit der ich bestimmten Situationen begegne. Ja, er wäre mir in dieser Hinsicht immer ein Vorbild gewesen neben all seinen anderen Stärken und Schwächen, die er hatte. Simone sagte, es sei sehr schade, dass sie ihn wahrscheinlich nicht mehr kennenlernen werde. Ich nahm ebenfalls einen kräftigen Schluck zu mir – ja, das wäre wohl war. Ich würde morgen meinen Vater besuchen, vielleicht seien es ja die letzten Stunden, die wir zusammen verbrachten. Bei einer Flasche Wein und einem sehr intensiven Gespräch würden gemeinsame Erfahrungen und Erlebnisse noch mal lebendig werden. Ja, das solle ich wirklich tun. Simone meinte, sie sei hundemüde und würde gerne nach Hause gehen, ich solle nicht sauer sein. Wir zahlten, gingen raus, wo immer noch heftiges Schneegestöber herrschte, und verabschiedeten uns leidenschaftlich. Sie sagte, wir würden uns dann in ein paar Tagen in München wiedersehen, egal wie sich die Dinge entwickelten.

Achterbahn

Ich hatte seit zwei Tagen frei und genoss die angenehme Atmosphäre des Lokals. Meine Gedanken sprangen wie so oft von einem Erlebnis zum anderen. Irgendwann klingelte mein Handy und ich hoffte, dass es nicht dieser Anruf sei, vor dem man sein ganzes Leben lang davonlief.

Es war meine Mutter und ein verzweifeltes „Dein Vater ist vor einer Stunde gestorben" drang durchs Telefon. Es vergingen einige Sekunden und es herrschte Stille. Meine Mutter fragte, ob ich denn noch dran wäre. Es kam ein leises „Ja" und ich würde dann bald losfahren. Es überkam mich ein Gefühl tiefer Ohnmacht und Leere. Das Lokal war gut gefüllt, trotzdem bekam ich von der Geräuschkulisse nichts mehr mit. Die Musik, die im Hintergrund lief, wurde immer leiser und kurze Zeit später war sie ganz weg. Es war eine Art Vakuum, ich hörte nur noch meinen Herzschlag, klar und deutlich. Er wurde immer lauter, ich sah zu diesem großen Panoramafenster hinaus, kriegte aber von dem regen Treiben, das sich auf der Straße abspielte, nichts mehr mit. Es bildete sich stattdessen eine Art Auge in Form eines großen hellen Tunnels. Es waren plötzlich Situationen und Erlebnisse mit meinen Eltern, die in Bildform rückwärts liefen. Die Jahre rasten an mir vorbei, bis ich irgendwann in meiner Kindheit ankam. Es war ein Schockzustand, in dem eine Zeitreise stattfand. Irgendwann nach zehn oder fünfzehn Minuten nahm ich die Musik, die im Hintergrund lief, wieder wahr. Plötzlich stand meine Bedienung vor mir und fragte, ob denn alles in Ordnung sei. Ich zuckte zusammen, stammelte ein leises „Nicht wirklich", aber sie könne mir dann die Rechnung bringen. Das war er also, der sogenannte Tunnelblick, in dem sich eine Art Zeitreise abspielte. Als kurze Zeit später Simone aus Baden-Baden anrief, klang ihre Stimme ebenfalls sehr verzweifelt und sie rang nach Worten. Ich unterbrach sie und meinte, mein Vater sei vor einer Stunde gestorben. Es herrschte wieder eine Zeit lang Stille, bis ein „Du musst jetzt sehr stark sein" das Gespräch wieder ins Rollen brachte. Wenn sie jetzt bei mir wäre, würden wir am Abend wieder in diesen Club gehen und auf diesen großen Sofas liegen. Es ginge ihr im Moment nur um Nähe und Geborgenheit. Sie könne nicht mehr, dieser Kampf um ihren Erbanteil mache einen mürbe und traurig zugleich. Am liebsten würde sie darauf verzichten. Ob ich denn zu ihr fahren könne, wir würden mit ihrem VW-Käfer zu ihrer Großmutter in die Provence fahren, sie habe genug von diesen ewigen Streitereien. Ich beruhigte Simone und sagte, das einzig Vernünftige sei jetzt Folgendes: Sie solle sich irgendwo in der Stadt für vier oder fünf Tage ein Zimmer nehmen und sich dort einquartieren. Ich müsse noch einige Dinge wegen meines Vaters regeln. Wir würden jeden Tag telefonieren und spätestens in einer Woche wäre ich bei ihr. Das mit ihrer Großmutter sei eine gute Idee.

Ich stieg in die U-Bahn ein und kauerte mich in das hinterste Eck eines Abteils. Die Hände über dem Kopf rauschte Station für Station an mir vorbei. Tränen suchten ihren Weg über mein Gesicht und ich kauerte mich immer stärker in das Eck des Zuges. Aus tiefer Ohnmacht und Leere entwickelten sich Schmerz und Trauer, die mir schier mein Herz zerrissen.

Es war Sonntag und vor dem Hotel, das mir Simone beschrieben hatte, sah ich diesen bunt bemalten VW-Käfer, der nur ihr gehören konnte. Ich ging die Treppe hinauf und suchte das Zimmer, in dem sich Simone einquartiert hatte. Die Tür war nicht verriegelt und sie saß leicht bekleidet auf einem Stuhl. Ein aufgeknöpfter schwarzer Morgenmantel zog sich über ihre Schultern bis zum Boden hinunter. Ihren zarten Hals dekorierte eine schwarze Krawatte. Danach kam nur noch edle schwarze Unterwäsche mit halblangen Strümpfen, die ihre fantastischen Beine betonten. Simone meinte, dass sie Schwarz trage, sei unter den gegebenen Umständen das Mindeste, das sie tun könne. Es sollte ein gelungener Empfang werden nach dem, was ich in der letzten Zeit durchgemacht hätte. Neben ihr stand eine Flasche Rotwein und das sehr große Zimmer war mit unzähligen Kerzen dekoriert, die alle brannten. In der Mitte des Raumes stand ein Klavier, das die gemütliche Atmosphäre abrundete. Ich lächelte und sagte, das mit dem Zimmer habe sie wohl falsch verstanden, da sie ja gleich das halbe Hotel angemietet habe. Simone lachte und sagte, sie sei ja nach wie vor erbberechtigt. Ihr aufreizendes Outfit war eine gelungene Kombination aus Unanständigkeit und Erotik. Ich küsste sie, streichelte ihr durchs Haar und meinte so, so hundert Prozent Frankreich. Also diese Krawatte beeindrucke mich sehr. Vielleicht solle ich mir auch so was zulegen. Simone stand plötzlich auf und machte den Stuhl für mich frei, um sich anschließend auf meinen Schoß zu setzten. Meine Hände fuhren langsam in den Saum ihrer schwarzen Unterwäsche, ich legte ihre Krawatte nach hinten, küsste sie auf ihre Tätowierung.

Kurze Zeit später landeten wir auf dem Deckel des Klaviers und ein Zungenkuss jagte den nächsten. Neben uns stand ein Sektkübel mit Eis und einer Flasche Champagner. Simones Oberkörper lag auf der Klavierfläche, ich nahm einen Eiswürfel und kreiste mit einer Hand ganz leicht um ihren Bauchnabel immer weiter rauf und runter. Meine andere Hand hielt ihren Nacken fest und mein Mund wechselte die Stellung zwischen Simones Zunge und ihren Brüsten. Wir hatten schließlich alle Zeit der Welt. Irgendwann war meine Hand endgültig am tiefsten Punkt von Simones Unterwäsche angekommen, in dieser Stellung verharrte ich eine Weile. Was danach kam, war schlicht und einfach die leidenschaftliche Verschmelzung zweier Körper. Einfach ausgedrückt: Wir fickten uns die Seele aus dem Leib. Die ganze Nacht über an jedem Ort und zu jeder Zeit in diesem verdammt großen Zimmer des Hotels. Am nächsten Morgen ließen wir uns ein ausgiebiges Sektfrühstück aufs Zimmer bringen. Um die Mittagszeit beschlossen wir dann auszuchecken und uns auf den Weg nach Südfrankreich zu machen. Als wir vor Simones VW-Käfer standen, fragte ich sie, wer denn für diese originellen Motive verantwortlich sei. Die wären von ihr, aber mit der Durchführung habe sie eine Lackiererei beauftragt. Simone meinte, ich solle den ersten Teil der Strecke fahren, sie werde dann in Frankreich übernehmen, da es ja ihre zweite Heimat sei. Es war spät abends, als wir in der Provence ankamen.

Das Anwesen ihrer Großmutter war ein typisches Steinhaus im Stil dieser Gegend. Wir hatten uns nicht angemeldet und sie war sichtlich überrascht, als wir plötzlich vor der Tür standen. Es war ein herzlicher Empfang und obwohl sie mich nicht kannte, kam ich auch in den Genuss einer Umarmung. Simone machte ihr auf Französisch klar, dass ich der Sprache nicht mächtig sei. Sie solle es nicht falsch verstehen, wenn sich meine Konversation in Grenzen halte. Wir nahmen ein ausgiebiges, köstliches, landestypisches Abendessen zu uns und als wir abgespeist waren, meinte ich zu Simone, sie solle doch noch ein bisschen bei ihrer Großmutter bleiben. Ich würde raus gehen und mich bei einem ausgiebigen Spaziergang mit der Gegend vertraut machen. Eine knappe Stunde später wurde es merklich kühler und ich ging wieder ins Haus. Zwischenzeitlich flackerte das Feuer im Kamin, wir tranken alle zusammen noch ein Glas Rotwein und Simone übernahm für kurze Zeit die Funktion der Dolmetscherin.

Dieses große Zimmer war auch gleichzeitig unser Gästezimmer und kurze Zeit später schliefen wir eng umschlungen auf der Couch ein. Am nächsten Morgen war ich relativ früh wach, während Simone anscheinend noch einiges an Schlaf nachzuholen hatte. Ohne sie zu wecken, stand ich auf, küsste sie auf ihre Schulter und deckte sie wieder richtig zu. Die Küche befand sich nebenan und ihre Großmutter hatte schon eine große Portion Kaffee aufgebrüht. Sie selbst war aber anscheinend schon aus dem Haus. Ich schlenderte aus der Küche heraus direkt in den großen Kräutergarten, um meine Gedanken einigermaßen zu ordnen. Eine große Holzbank an der Sonnenseite der Hauswand war der ideale Platz dafür. Es war für diese Jahreszeit ein sehr milder und sonniger Tag. Ich genoss meinen starken schwarzen Kaffee und einige Minuten später tauchte Simone auf. Sie gab mir einen Kuss und nahm einen kräftigen Schluck aus meiner Tasse. Anschließend ging sie in die Küche, um sich selbst einen Kaffee zu holen. Kurze Zeit später setzte sie sich zu mir und legte ihre Arme um meine Schulter. Ich sagte, der beste Weg, die Sache mit ihrem Vater und der Erbschaft zu klären, sei, einen Brief zu schreiben. Man könne sich einfach besser ausdrücken, ihre Gefühle, in klare Worte gefasst, würden sicher die richtige Entscheidung mit sich ziehen. Er wisse ja nicht mal was von den Koksorgien ihrer Schwestern. Simone meinte, heute sei nicht der richtige Tag, um darüber zu reden. Auf jeden Fall wolle sie so viel Zeit wie möglich mit ihrem Seelenverwandten verbringen, wie sie mich immer nannte. Wenn wir wieder in München wären, solle ich ihr doch mal einen Besuch in ihrer Wohnung abstatten. Genau genommen könne ich doch zu ihr ziehen. Aber es gebe da ein kleines Problem, sie habe da noch eine Mitbewohnerin, mit der sie sich die Wohnung teile. Es sei gut, wenn man ab und zu jemanden zum Reden habe. Ich sagte, das wäre wohl wahr. Ihre Freundin arbeite für eine Begleitagentur, in der sie eine Menge Geld verdiene. Sex gebe es nur gegen Aufschlag oder wenn die Frau das wolle. Erstaunlicherweise gebe es sehr wenige Männer, die für die Agentur arbeiteten, obwohl die Nachfrage enorm wäre. Ich kippte fast von der Bank, völlig überrascht von dieser neuen Schilderung der Tatsachen. Simone sagte, ich solle jetzt nicht sauer sein. Ihre Freundin habe in München studiert und sich nach dem Studium eben für diesen Job entschieden. Das Leben hier sei nun mal wahnsinnig teuer. Sie habe ihr aber streng verboten, jemals einen dieser Typen mit nach Hause zu bringen, sonst werde sie rausfliegen.

Ich war ziemlich verwirrt von so vielen nackten Tatsachen. Vielleicht arbeite Simone ja auch für diese Agentur und die Sache mit der Erbschaft und ihrem Vater sei frei erfunden. Ich könne ja nicht mal ihre Großmutter fragen, ob die Sache wirklich stimme, da sie mich sowieso nicht verstand. Die Rose auf Simones Brust trage ja auch nicht gerade zur Wahrheitsfindung bei, da dieses Motiv ja gerne in bestimmten Kreisen verwendet werde. Simone meinte, ich solle jetzt mal nicht den Teufel an die Wand malen. Gerade weil ich so viel Wert auf Vertrauen

in einer Beziehung lege, habe sie mir das alles erzählt. Bei der
Seele ihrer Großmutter: Die Sache mit ihrem Vater stimme, er
würde ein großes Weingut in Baden-Baden besitzen. Im Inter-
net werde ja alles über die Historie der Firma stehen und man
könne sich jederzeit über alles informieren. Ich sagte, da habe
sie wohl recht und könne es sein, dass ihre Hände plötzlich in
meiner Hose wären? Simone lachte und meinte, so ein kleines
Schäferstündchen am frühen Morgen unter freiem Himmel sei
doch nicht übel.

Bevor ich antworten konnte, gesellte sich eine schwarze
Katze zu uns und nahm auf der Mauer gegenüber Platz. Anscheinend wollte sie auch ein paar Sonnenstrahlen abkriegen.
Ob das ihr Hauskater sei, der uns da gerade beobachte? Simone lächelte und meinte, ob ich denn ein Problem damit habe.
Wahrscheinlich gebe er mir Noten auf einer Skala zwischen
eins und zehn. Aber letztendlich ließen wir uns von unserem
Vorhaben dann doch nicht beirren. Wir verbrachten noch eine
wunderschöne Woche in Südfrankreich und unser Fazit der
letzten Tage war Folgendes: Simone würde sich nicht durch
irgendwelche emotionalen Ausbrüche freiwillig von ihrer Erbschaft verabschieden. Ich dagegen würde trotz meiner finanziellen und beruflichen Lage versuchen, meine künstlerischen
Aktivitäten auszuweiten. Wahrscheinlich könne ich die Sache
mit meinem Vater dann schneller und besser verarbeiten. Obwohl wir seit zwei Wochen wieder in München waren, hatten wir uns noch nicht gesehen. Nach einer kleinen Auszeit
wäre das Wiedersehen umso leidenschaftlicher. Ich klingelte
an Simones Haustür und zu meiner Überraschung machte ihre
Freundin auf. Sie sagte, Simone sei erst mal weggefahren und
habe keine Nachricht hinterlassen. Ich stand leicht verwirrt vor

der Haustür und ihre Freundin fragte mich, ob ich denn Zeit für eine Tasse Kaffee habe. Sie war das genaue Gegenteil von Simone: lange, blonde Haare, groß gewachsen und mit diesem typischen Münchner Dialekt ausgestattet. Wir saßen beide am Küchentisch und Sabine meinte, eigentlich sei es ihre Schuld. Bevor Simone mir zufällig an diesem Montagabend begegnete, habe sie schon seit geraumer Zeit Angst gehabt, dass es mit ihrem Luxusleben bald vorbei sei. Die Querelen mit ihren Schwestern trugen ja nicht gerade zur Familienidylle bei. Ihr Vater hätte ja jederzeit den Geldhahn zudrehen können. Sie habe Simone damals überredet, es doch mal in der Agentur zu versuchen, bevor sie ihre gemeinsame Wohnung aufgeben müssten. Sie machte das aber nur ein- oder zweimal und habe es bitter bereut. Simone habe die letzten Tage so von unserem Aufenthalt in Südfrankreich geschwärmt und der Abend in dem griechischen Lokal sei auch total abgefahren gewesen. Sabine sagte aber, erst jetzt, wo sie mich kennengelernt habe, könne sie sich wirklich ein einheitliches Bild von mir machen. Simone habe ihr immer wieder erzählt, dass ich so viel Wert auf Vertrauen in einer Beziehung legte, egal wie lang sie dauere. Genau das war es, was ihr so zu schaffen mache. Simone hatte einfach Panik, dass die Sache mit der Agentur irgendwann aus Versehen auffliege. Ihrer Meinung nach, würde ich ihr das mit den zwei Ausrutschern vielleicht verzeihen, aber auch nur dann, wenn sie in Südfrankreich die ganze Wahrheit gesagt hätte. Aber so sei das ein absoluter Vertrauensbruch, für den ich bestimmt kein Verständnis habe. Es kehrte für einige Minuten Stille in der Küche ein, bis ich den Dialog wieder aufnahm. Von meiner Grundeinstellung her wäre das richtig, aber nach so einer intensiven Zeit, die man miteinander verbracht habe, gehe es auch um Toleranz. Sabine solle Simone eines sagen: Würde ich wirklich so reagieren, wie sie dachte, sei ich so wie einer ihrer ehemaliger Kunden. Jemand, der verlernt habe, sich wirklich auf etwas einzulassen, und nur noch an der Oberfläche kratze. Leute, die aufgrund ihres Geldes oder eines tollen Jobs Dienste in Anspruch nähmen, die ihnen vielleicht ein Gefühl von Macht gaben. Sabine meinte, woher ich denn ihre Kunden so gut kenne, sie sei beeindruckt von so viel Menschenkenntnis. Na ja, ich hätte ja schon einiges erlebt und hinzu käme noch meine Leidenschaft des Beobachtens. Man würde sehr viel über Menschen erfahren, zum Beispiel durch ihre Gesten und ihre Gespräche, die man zwangsläufig in irgendwelchen Cafés mitbekam.

Simones Freundin lächelte und sagte, es gebe nicht viele Menschen, mit denen sie gerne einen Abend verbringen würde, ohne dass sie über die Agentur vermittelt wurden. Ich sei einer davon und das mit dem Sex sei ja immer der weiblichen Begleitung überlassen.

Tage wie dieser

Es war Juli und ich setzte mich an die Bar eines der unzähligen Cafés, die sich auf der Flaniermeile Münchens befanden. Von hier aus konnte man dem Treiben auf der Straße am besten zusehen. Ich war immer noch arbeitslos und konnte meiner Leidenschaft des Beobachtens ausgiebig nachgehen. An der Bar tauchte plötzlich diese sehr attraktive Kellnerin auf. Ich bestellte einen Kaffee und meine Augen folgten wie immer den unzähligen Menschen auf der Straße. Zwischendurch baute sich wieder einer dieser intensiven Blickkontakte mit meiner Bedienung auf, für den es keine richtige Erklärung gab. Ich musterte sie und fragte mich, woher wohl diese wirklich attraktive junge Frau komme. Vielleicht war es der Iran oder der Nahe Osten.

Plötzlich ergriff sie das Wort und fragte, ob es mir denn gut gehe, ich mache so einen nachdenklichen Eindruck. Sichtlich überrascht von so viel Offenheit fiel es mir schwer, die passende Antwort zu finden. Na ja, ich hätte aufgrund meiner jetzigen beruflichen Situation sehr viel Zeit zum Grübeln. In diesem Moment fielen mir ihre zwei Halsketten auf, die Anhänger waren das Abbild einer Zypresse und eines Kreuzes. Sie drehte sich kurzzeitig um, da an der Bar jemand etwas bestellte. Als sie wieder zu mir kam, musste meine Vermutung der Wahrheit standhalten. Wenn ich mich nicht ganz täuschte, komme sie aus dem Libanon, wahrscheinlich gehöre sie der christlichen Minderheit an. Sie war sichtlich überrascht von so viel Beobachtungsgabe und ein Lächeln brachte ihre wunderschönen Zähne zum Vorschein. Ja, das sei wahr; ihre Augen musterten mich und sie meinte, es gebe nicht mehr viele Menschen, die sie überraschten. Die meisten Gäste an der Bar würden sich volllaufen lassen und ihren Brüsten Noten geben. Ihr T-Shirt gewährte einen Einblick in ihre makellose Figur. Ich erwiderte, mich interessiere eher der Mensch, der diese Symbole trage. Wie wäre das Leben im Libanon, sei einigermaßen Ruhe eingekehrt im ehemaligen Paris des Nahen Ostens? Nachdem ich ausgetrunken hatte, zahlte ich und sagte, wir würden uns die nächste Zeit bestimmt öfter hier sehen. Dem war auch so, ich besuchte innerhalb der nächsten zwei Monate regelmäßig das Café. Von Assita wurde ich als Stammkunde natürlich immer bevorzugt behandelt. Eines Nachmittags saß ich wieder bei ihr an der Bar und sah dem Treiben auf der Straße zu. Sie sagte, ihre Schicht sei bald zu Ende, wenn ich Lust und Zeit hätte, würde sie mich nachher noch auf einen Kaffee einladen. Ich willigte ein und suchte draußen schon mal einen Tisch, an dem wir uns einigermaßen ungestört unterhalten konnten.

Assita kam eine halbe Stunde später ebenfalls heraus und leistete mir Gesellschaft. Einer der Kellner nahm unsere Bestellung auf und das Café war zwischenzeitlich bis auf den letzten Platz belegt. Ich meinte, sie solle doch ein wenig über ihre Heimat erzählen. Na ja, als christliche Minderheit sei das Leben sehr hart und man sei sehr vielen Schikanen ausgesetzt. Dafür sei die Gegend außerhalb Beiruts sehr schön, eine mit Hügeln und Zypressen durchsetzte Landschaft, in der ab und an eine frische Brise vom Meer für die nötige Abkühlung sorge. An einem dieser Hügel gebe es einen Platz, an dem ein durch Wind ausgehöhlter Stein stehe. Er sei ziemlich groß und habe die Form einer Träne. Sie sei in ihrer Jugend oft dort gewesen, um den ganzen Konflikten dieser Region für einige Stunden zu entfliehen. Ihre Aufenthaltsgenehmigung laufe in drei Monaten aus, dann müsse sie sowieso wieder zurück. Natürlich gebe es noch eine andere Lösung, man müsse ja nur einen von diesen unzähligen ledigen Großstadtsingles heiraten.

Ich sagte, das dürfe bei ihrem Aussehen wohl kein Problem sein. Assita überlegte kurz, sie habe immer noch so ihre Zweifel, ob ein Leben hier der richtige Weg sei. Trotzdem könne sie sich durchaus vorstellen, mit mir ein oder zwei Kinder zu haben, ich müsse mich aber nicht gleich entscheiden. Sie lachte und meinte, das sei nur Spaß. Aber wenn ich mal in Beirut sei, solle ich sie besuchen. Wir würden an diesen Ort gehen, an dem dieser Stein stehe – eine wahre Herausforderung für mich und meiner Fähigkeit des Deutens. Es sei eher unwahrscheinlich, dass mich meine Wege einmal in den Libanon führten. Assita sagte, ich solle nicht so voreilig sein, auf jeden Fall gebe sie mir ihre Adresse. Im Libanon würden besondere Gäste auch dementsprechend empfangen. Wenn sie sich nicht täusche, könne ich mir doch durchaus vorstellen, eine oder mehrere Nächte mit ihr zu verbringen. Keinen One-Night- Stand im klassischen Sinn, sondern eine kurze, intensive Zeit, die mindestens bis zu ihrer Ausreise anhalte.

Mit einem Lächeln musterte ich ihren Körper und sah ihr in die Augen: Ja, das sei wohl wahr. Ich fügte noch hinzu, es sei mal wieder an der Zeit, meine Gabe des Deutens zum Besten zu geben: Sie wohne bestimmt in einer Wohnung gleich um die Ecke, da es sich anbot, zu Fuß in die Arbeit zu gehen. Sie sei bestimmt sehr geschmackvoll eingerichtet, da Assita sehr viel Wert auf ein gemütliches Zuhause lege. Ein Ort, an dem man sich nach der Arbeit fallen lassen könne.

Und da sei noch dieser ausgehungerte Typ, der momentan

neben ihr sitze. Jemand, den sie gerne mit einem kulinarischen Abendessen verwöhne, um ihn mit den Spezialitäten des Landes vertraut zu machen. Das Ganze natürlich, ohne dass wir gleich übereinander herfielen. Sex dürfe erst mal keine Rolle spielen. Assita bekam plötzlich einen Lachanfall und legte ihren Arm um meine Schulter, meine Gabe des Deutens sei wirklich beeindruckend. Nur bei der Sache mit dem Beischlaf hätte ich mich geirrt. Ich lächelte, nun ja, das sei wohl die schönste Fehleinschätzung der letzten Monate. Sie meinte, wir sollten uns noch einen Cocktail bestellen. Anschließend könnten wir ja noch ein paar Kleinigkeiten für das Abendessen besorgen und dann zu ihr gehen. Während der Kellner die Bestellung für die Getränke entgegennahm, spazierte plötzlich eine von diesen coolen, gestylten Businessfrauen an uns vorbei. Sie telefonierte mit ihrem Handy und machte einen sichtlich gehetzten Eindruck. Aber der Gipfel war ihr Pudel, der sich in einer übergroßen Handtasche befand. Ich musste lächeln und sah Assita an. Genau das sei das Problem in München, die Leute hätten zum Teil den Bezug zur Realität und fürs Wesentliche verloren. Würde denn in Beirut jemand mit einem Hund in der Handtasche spazieren gehen? Diese ach so coole Braut komme bestimmt in zehn bis fünfzehn Minuten wieder an uns vorbei, um sich nach ihrer Laufstegeinlage in das Café zu setzen.

Ich legte eine kurze Pause ein, um Assita einen weiteren Vorgang zu schildern, der mich vor einiger Zeit ins Staunen versetzte. Letzten Winter sei mir eine ältere Dame mit ihrem Dackel entgegengekommen, seit Neuestem gebe es ja diese Westen für Hunde, damit sie nicht frieren. In Form von Neonröhrchen sei in regelmäßigen Abständen ein Merry Christmas aufgeflackert, das zur Amerikanisierung Europas. Assita hatte vor Lachen schon Tränen in den Augen. Irgendwann würden diese Pudel wahrscheinlich mit Warnwesten bestückt und zur Unfallsicherung bei einer Autopanne hergenommen.

Kurze Zeit später nahm tatsächlich diese Braut mit ihrem Handy ausgerechnet neben uns Platz. Sie bestellte einen Latte macchiato und telefonierte in einer Lautstärke, bei der wir unfreiwillig Zeugen des so wichtigen Gesprächs wurden. Am anderen Ende der Leitung war anscheinend ihre beste Freundin, der gestrige Abend sei sehr interessant gewesen, auf dieser Singleparty hingen ja so viele gut aussehende Typen rum. Aber die meisten seien einfach zu nett, es fehle das gewisse Etwas. Einige hätten schon seit Monaten keinen Job mehr und seit ihrer letzten Beziehung seien in ihren Augen Lichtjahre vergangen. Dieser Hauch von Unsicherheit und Verzweiflung turne sie einfach nicht an. Ich umarmte Assita, um ihr etwas ins Ohr zu flüstern, damit unsere Tischnachbarin nichts mitbekam. Genau das sei der Punkt, diese ach so starken Frauen wollten keine netten Männer und wenn sie dann mit irgendwelchen Machos zusammen wären, käme das große Heulen. Das werde sich dann im Alltag ungefähr so abspielen: Er komme nach Hause und sie sei auch erst eine Stunde daheim. Ist gekocht? Was gucke sie? Leicht verunsichert komme die Ausrede mit ihrer Arbeit. Sei das sein Problem? Sehe sie die Wand an, sei vielleicht besser so. Nun genug geredet für heute Abend; besser, er mache ihr jetzt den Einbrecher. Irgendwann nach drei Monaten telefoniere sie dann wieder mit ihrer besten Freundin, um sich auszuweinen. Vielleicht solle man sich ja doch einen von diesen unscheinbareren Typen suchen, da sei man auf der sicheren Seite.

Assita amüsierte sich köstlich und meinte, meine Sicht der Dinge sei sehr beeindruckend. Einige Zeit später bereitete sie in

ihrer Wohnung zielstrebig und voller Leidenschaft das Abendessen zu. Während verschiedener Hilfstätigkeiten in der Küche
fiel mir eine mittelgroße Narbe an ihrer Hüfte auf. Ich drückte
sie an mich, streichelte ihr durchs Haar und fragte Assita, von
wo sie denn dieses Andenken herhabe. Eine Träne lief über ihr
Gesicht, die Leute hier wüssten gar nicht, wie gut sie es hätten.
Bei ihnen in Beirut sei man ständig der Angst ausgesetzt, dass
irgendein Verrückter in der Stadt eine Bombe zündete oder eine
fehlgeleitete Rakete im nächsten Straßencafé einschlage. Diese Narbe sei eine Erinnerung an solch einen Tag. Natürlich gebe
es auch Phasen, wo nichts passiere, aber die Angst sei ein stän-
diger Begleiter und irgendwann würde man sich daran gewöhnen. Um der Normalität wegen ginge man wieder in eine Bar,
um sich mit Freunden und Freundinnen zu treffen. Sie genieße
diese Unbeschwertheit, mit der man hier in einem der vielen
Cafés abhängen könne. Assita erzählte von zu Hause und von
den abgefahrenen Typen, die sich zum Teil bei ihr an der Bar
aufhielten. Nach dem wir gegessen hatten, kam ich in den Genuss von ihrer eigentlichen Begabung. Es war eine Massage mit
der Kombination aus wohlriechenden Ölen und ihren Händen,
die mich in eine Art Trance versetzten. Sie hatte wirklich nicht
zu viel versprochen und da sämtliche Bereiche meines Körpers
mehr als verspannt waren, dauerte das Ganze etwas länger als
geplant. Als ich mich in ihrem Schlafzimmer über sie beugte,
lag neben dem Bett ein gelber Seidenschal. Vorsichtig wickelte
ich ihn um Assitas Augen und sie konnte ein leichtes Lächeln
nicht verbergen. Wäre ich gleich über sie hergefallen, hätte sie
sich ziemlich in mir getäuscht. Die Sache mit dem Schal habe
einen sehr einfachen, aber wirkungsvollen Aspekt. Würde man
nichts mehr sehen, würden dafür die anderen Sinne geschärft.

Das sogenannte Vorspiel, auf das sie viel Wert lege, sei dadurch umso intensiver. Aber es sei auch ein Zeichen absoluten Vertrauens, da man nicht wisse, was als Nächstes passiere. Es gehe weder um absolute Kontrolle über den anderen noch darum, diese ganz aufzugeben. Es sei ein Wechselspiel von beidem, bei dem man sich immer wieder auf neues Gebiet begebe. Ein Abtasten der Wünschen und Fantasien des anderen, auf die man reagieren konnte.

Zehn nackte Nikoläuse und zwei Lobbyisten

Ich hatte Assita seit einigen Wochen nicht mehr gesehen und versuchte, trotz meiner Arbeitslosigkeit eine gewisse Struktur in meinen Tagesablauf zu bringen. Dazu gehörte außer meinen abendlichen Besuchen in diversen Cafés auch ein reichliches und gutes Mittagessen bei meinem Lieblingsitaliener. Für einen Mittwochvormittag war das Lokal schon relativ voll, aber mein Stammplatz war glücklicherweise noch nicht besetzt. Der Kellner nahm meine Bestellung auf und brachte mir kurze Zeit später einen dieser vorzüglichen Rotweine, die es hier gab. Ich hatte am Nachmittag noch einen Termin beim Arbeitsamt und sah gedankenverloren zum Fenster hinaus. Wahrscheinlich würden sie mir einen dieser Jobs anbieten, für die sich ein Hartz-IV-Empfänger zu schade wäre. Als sich meine Aufmerksamkeit wieder dem Geschehen im Lokal widmete, stand plötzlich mein Orthopäde neben mir. Aufgrund eines kleinen Auffahrunfalls war ich seit kurzem bei ihm in Behandlung. Er sah sich im Lokal um, in dem zwischenzeitlich sämtliche Plätze belegt waren. An meinem Tisch befanden sich noch drei freie Stühle, die mein Orthopäde erst kurze Zeit später wahrnahm. Als er dann auch noch seinen Lieblingspatienten erkannte, fragte er, ob er sich denn dazusetzen könne. Ich willigte ein und dachte: Über was um Himmels willen soll ich mich bitte mit meinem Orthopäden unterhalten? Auf jeden Fall würde ich nicht erwähnen, dass ich zurzeit arbeitslos sei. Irgendetwas würde mir schon einfallen, besser, als sich gegenseitig anzuschweigen. Zu meinem Erstaunen ergriff mein Arzt die Initiative und fragte, ob ich denn Urlaub habe. Ja, das sei richtig, ich würde in einer Musikfirma arbeiten und heute sei einer der Tage, an denen man seine vielen Überstunden abbauen könne. Dr. Bretagne meinte, er sei erst am Wochenende bei einem Konzert von Norah Jones gewesen, diese neue, einfache Interpretation von Jazz gefalle im sehr gut. Ich war sichtlich überrascht, nicht nur ein guter Arzt, sondern auch jemand, der in Sachen Musik einen guten Geschmack bewies. Er bestellte sich ein Glas Rotwein und fragte, wie es denn so im Musikgeschäft wäre. Na ja, es sei wie mit allem: Wenn man es aus Leidenschaft betreibe, dann seien die Tage und Monate wie ein langer Urlaub. Es wäre wie mit gutem Wein: Je länger man dabei sei und Erfahrung sammle, desto besser werde man. Die Kunst dabei sei, das Produkt trotz eines momentan schwierigen Umfeldes an den Kunden zu bringen, es gehe immer mehr um die Verpackung und weniger um Inhalte. Zwischenzeitlich machte es mir richtig Spaß, in die Rolle des so erfahrenen Musikmanagers zu schlüpfen. Es war ein Spiel, das keinen schwachen Moment zuließ. Plötzlich schneiten zwei weitere Gäste ins Lokal herein, die anscheinend mit meinem

Arzt befreundet waren. Sie fragten, ob sie denn bei uns Platz nehmen könnten, da der Italiener wie immer sehr gut besucht sei. Diesmal willigte ich eher zögerlich ein, da es sich anscheinend um irgendwelche Business- Fuzzys handelte. Mit meiner Vermutung lag ich dann auch richtig, einer war Immobilienmakler und der andere Steuerberater für die obere Münchner Klientel. Wie zu erwarten, wurde es ein Plädoyer der letzten tollen Abschlüsse und der Unmenge an Steuern, die man seinem Stammklientel erspart habe.

Ich bestellte mir noch ein Glas Rotwein, da das Essen immer noch nicht fertig war. Da fragte mich tatsächlich einer von diesen Typen, die mir von Grund auf mehr als unsympathisch waren, was ich den so mache. Nach einer kurzen Pause ging ich in die Offensive und dachte: Nun gut, dann würden wir das Spielchen zu Ende spielen. Ich sei in der oberen Ebene eines internationalen Musikkonzerns tätig. Trotz des schwierigen Umfelds hätten wir gerade ein großes Plattenlabel in den USA hinzugekauft. Der ganze Deal koste den Konzern schlappe 2,5 Milliarden Dollar. In diesem Fall entsprach das Ganze der Wahrheit, da die Übernahme noch während meiner Zeit in der Musikfirma stattfand. Zusätzlich verfügte ich ja über sämtliche Hintergrundinformationen aus diversen Musikzeitschriften, die ich ja nach wie vor las. Der Abschluss meines Vortrags löste eine gewisse Nachdenklichkeit bei meinen Tischnachbarn aus. In der oberen Ebene, in der ich tätig sei, gehe es darum, Entscheidungen zu treffen. Das sei überhaupt das Problem in Deutschland: Niemand habe den Mut zum Risiko. Neue Ideen würden in Diskussionsforen zerredet und irgendwelche Lobbyisten seien nur noch auf ihren eigenen Vorteil bedacht. Der Nachbartisch hörte zwischenzeitlich auch meiner Rede zur gesamtwirtschaftlichen

Situation des Landes und der Musikbranche zu. Dr. Bretagne und seine zwei Bekannten waren sichtlich überrascht von so einem leidenschaftlichen Vortrag. Sie meinten, ungewöhnlich – ein so junger Mann mit so viel Verantwortung und Erfahrung. Außerdem sei ich auch noch ein hervorragender Redner. Dieses Spiel zu Ende zu spielen, war eine neue Erfahrung, die mich natürlich in meinen eigenen Fähigkeiten bestärkte. Da ich aber von Grund auf ein ehrlicher Charakter war, würde ich so was wahrscheinlich kein zweites Mal durchziehen. In diesem Fall wollte ich diesen zwei arroganten Typen einfach nur den Wind aus den Segeln nehmen. Ich beschloss zu zahlen und verabschiedete mich von Dr. Bretagne. Es war zwei Uhr nachmittags und in einer Stunde hatte ich diesen Termin bei meiner Arbeitsberaterin. Das letzte halbe Jahr ließ mich die Agentur in Ruhe, da ich mich ja noch im Rechtsstreit mit meiner Firma befand. Erst vor einem Monat hatte ich dann auf Anraten meines Anwalts ein Angebot meiner Exfirma akzeptiert. Eines war sicher: Ich würde mir nicht irgendeinen beliebigen Job vom Arbeitsamt aufdrücken lassen. Ich saß in der U-Bahn und dachte über meine Zukunft nach. Meine künstlerischen Aktivitäten tendierten gegen null und mir fiel einfach kein Patentrezept in dieser Richtung ein. Andy, mein Freund und musikalischer Mentor, hatte sich seit sechs Monaten nicht mehr gemeldet. Assita war zwischenzeitlich nicht mehr in Deutschland und ich dachte an die drei Monate, in denen wir uns mehr oder weniger regelmäßig trafen. Kurze Zeit später fand ich mich im Büro meiner Arbeitsvermittlerin wieder. Das Gespräch verlief genau so, wie ich es mir vorstellte: trocken und weit weg von meinen Vorstellungen, was die Art des Jobs anging. Bis meine Beraterin anscheinend merkte, dass ich von meinen klaren Vorstellungen, was meine berufliche Zukunft anging, nicht abzubringen war. Sie stöberte noch mal sämtliche Angebote in ihrem Computer durch und kurze Zeit später überraschte sie mich mit einer sehr speziellen Ausschreibung. Da ich ja so fixiert sei, im weitesten Sinne wieder im Musikbereich oder Verlagswesen zu arbeiten, habe sie da etwas, wo Entertainment-Qualitäten gefragt seien. Es gebe da eine Agentur, die ab und zu Leute für bestimmte Anlässe brauche. Es seien Jobs für einen Tag oder auch für eine Woche. Diesmal habe sie eine Anfrage der Agentur für die Nikolausparty eines Verlags, der seinen Leuten mal was anderes bieten wolle. Das Ganze liefe bei ihr unter der Chiffre "Zehn nackte Nikoläuse". Diesmal konnte sie ein Lächeln nicht verbergen. Ich sagte, das sei aber für ein öffentliches Amt ein sehr freizügiges Angebot und das Gespräch sei ja nicht völlig umsonst gewesen. Ich ließ mir die Adresse der Agentur geben, bei der meine Beraterin am nächsten Tag einen Vorstellungstermin vereinbart hatte.

Der Bürokomplex befand sich in dem Viertel, das ich von meinen unzähligen Besuchen in diversen Cafés nur zu gut kannte. Ich hatte ein ausgiebiges Frühstück zu mir genommen und wenig später öffnete mir eine gut aussehende junge Dame die Eingangstür. Sie bat mich ins Büro und fragte, wie denn mein restlicher Tagesablauf aussehe. Heut sei nämlich der sechste Dezember, also Nikolaus. Ihre Firma suche jemanden, der flexibel sei und heute Abend gleich loslegen könne. Sie solle mir doch erst mal erklären, was man denn bitte unter zehn nackten Nikoläusen verstehen solle. Na ja, so schlimm sei das Ganze gar nicht. Dieser Verlag, der sie gebucht habe, wolle seinen vorwiegend weiblichen Mitarbeiterinnen einmal eine etwas andere Nikolausparty bieten. Der Firma stehe ein großer eigener Raum für Veranstaltungen jeglicher Art zur Verfügung. Unter anderem sollten zehn Nikoläuse so eine Art Chippendale- Nummer abziehen. Natürlich seien wir mit Shorts und einem Mantel bekleidet. Bei passender Musik werde so eine nicht einstudierte Nummer richtig gut ankommen. Ob ich den schon mal so was Ähnliches gemacht habe? Ich sei sieben Jahre in einer Musikfirma tätig gewesen; bei den vielen Feierlichkeiten, die dort stattfanden, wurde dem Klischee von Sex, Drugs and Rock 'n' Roll vollends Rechnung getragen. Der heutige Abend werde wahrscheinlich dagegen eher harmlos enden. Die junge Dame musterte mich, sie bräuchten noch jemanden, der vor der Veranstaltung als Nikolaus verkleidet durch die Büros gehe. Er solle den Damen die Einladungen persönlich überreichen, so eine Art Warm-up, damit sie richtig in Stimmung kämen. Es gebe richtig gutes Geld für diesen Abend und für den Job vor der Party noch mal ein sattes Extra. Der Betrag reiche locker für ein ausgiebiges langes Wochenende in den Metropolen Europas. Ich willigte ein und sagte, trotz der guten Bezahlung müsse sie mich erst gar nicht in ihre Kartei aufnehmen. Es sei eine einmalige Sache des Geldes wegen, aber vor allem werde das Arbeitsamt mich die nächsten zwei bis vier Wochen nicht mit irgendwelchen Briefen belästigen. Sie war über meine Reaktion sichtlich überrascht. Auch wenn es gutes Geld für solche Jobs gebe, man müsse eben Prioritäten setzen. Neben diesen vielen Partys in meiner ehemaligen Plattenfirma gehe es vor allem um Künstler und deren Ehrlichkeit gegenüber ihrer Musik und sich selbst. Die wenigsten würden des Geldes wegen vollkommen von ihrer eingeschlagenen Richtung abweichen. Klar würden sie kleine Kompromisse machen und genauso sei das mit mir:

ein kleiner Kompromiss auf meinem zukünftigen Weg.

Sie sah mich an und meinte, sie kenne nicht viele Leute, die in meiner Situation eine solch klare Linie verfolgen würden. Es spreche für meinen Charakter und meine Einstellung zur Musik finde sie erstaunlich ehrlich. So, wie sie mich einschätze, werde ich heute Abend bestimmt einen guten Job machen und für Stimmung sorgen. Genau so sei das mit guten Künstlern und der Einstellung zu ihrem Beruf. Egal, wie schlecht die Bedingungen seien oder das Publikum an diesem Abend gelaunt sei: Es gehe einfach nur um Professionalität.

Es war fünf Uhr nachmittags und ich meldete mich beim Empfang des Verlages. Ich war mit diesem roten Nikolausmantel, einer zu lang geratenen Boxershorts sowie einer roten Mütze ausgestattet. Zumindest wurde gut eingeheizt und ich musste nicht frieren. Die Einladungen hatte ich in der Innentasche des Mantels. Nachdem ich fünf Minuten gewartet hatte, erschien plötzlich eine wirklich sehr gut aussehende, junge, blonde Empfangsdame. Ob ich denn der angekündigte Besuch von der Agentur sei? Alle würden so ein Geheimnis um diese Party heute Abend machen. Sie hatte ein rotes Shirt mit einem sehr tiefen Ausschnitt an. Mein Outfit sei wirklich sehr beeindruckend, da werde man leicht auf unanständige Gedanken kommen. Außerdem habe ich ja gar keine Rute dabei, aber diese roten Boxershorts würden das wieder kompensieren. Was sich da sonst noch unter dem Mantel verstecke, könne man hoffentlich am Abend feststellen.

Da stand ich nun mit meinem Mantel als Freiwild für gut aussehende Empfangsdamen und andere Mitarbeiterinnen des Hauses. Meine Befürchtungen wurden allerdings noch übertroffen. Um die Situation ein bisschen aufzulockern, fragte ich diese gut aussehende junge Dame, ob sie denn auch wirklich brav gewesen sei. Auch wenn es auf den ersten Blick nicht so aussehe, ich würde das auch ohne Rute herausfinden. Sie lachte und sagte, endlich mal jemand mit Wortwitz. Um genau zu sein: In der Arbeit werde sie Dienst nach Vorschrift machen. Aber danach würde sie sich öfter mal richtig gehen lassen, einige Cocktails hinter die Binde kippen und mit der richtigen Begleitung komme der Rest von selbst. Ich wisse doch, was sie meine, ob ich denn Lust auf eine Tasse Kaffee habe. Als sie sich umdrehte und in die kleine Küche ging und ihre Beine zum Vorschein kamen, konnte man sich vorstellen, was sich nach einigen Cocktails abspielte. Sie hatte eine enge Jeanshose an, die mit vielen aufgerissenen kleinen Stellen durchkämmt war. Kurze Zeit später bekam ich einen richtig starken Kaffee, bei dem diese ziemlich offenherzige Empfangsdame immer näher an mich ranrückte. Sie fragte: Was sei denn so geboten, wenn ich mich nicht gerade als Nikolaus verkleidet am Empfang in diversen Verlagen aufhielte? Bis vor acht Monaten sei ich bei einer Musikfirma in der Poststelle tätig gewesen und zurzeit wäre ich arbeitslos. Das sei heute wohl mein Glückstag: Da vor Kurzem jemand bei ihnen gekündigt habe, solle ich mich doch einfach mal bewerben. Sie könne ja heute Abend bei ihrem Chef schon mal ein gutes Wort für mich einlegen, da er auch die Poststelle betreue. Ich bedankte mich für den herzlichen Empfang und verabschiedete mich.

Diese ganzen Einladungen müssten noch an die Frau gebracht werden und ich wollte nicht zu spät zur eigentlichen Show eintreffen. Sie lächelte und meinte, was denn mit ihrer Einladung sei. Bevor ich reagieren konnte, hatte sie schon fast

Körperkontakt aufgenommen. Meine Einladungen in der Innentasche waren kaum zu übersehen und wenig später waren ihre Hände auch schon unter meinem Mantel. Sie war zweifellos jemand, der nicht um den heißen Brei herumredete und gleich zur Sache kam. Nach einem ausgiebigen und anstrengenden Abend in der Firma schlug unser Hauptakt bei dem vorwiegend weiblichen Publikum voll ein. Zwei Wochen später fing ich dann tatsächlich in der Poststelle des Verlages an.

Düsseldorf

Ich war zwischenzeitlich seit fast zwei Jahren in dem Verlag tätig und meine Begeisterung für die Messe, die alljährlich in Düsseldorf stattfand, hielt sich in Grenzen. Roland und ich waren in einem Hotel unweit der Altstadt untergekommen. Wir arbeiteten seit unserer Ankunft etwa 14 Stunden pro Tag, um dem Messestand unserer Firma ein Gesicht zu geben. Es war Freitagnachmittag und ich hatte mich mit Sandra um sechs Uhr in der Düsseldorfer Altstadt verabredet. Am Abend zuvor sprach sie mich in einem der unzähligen Lokale der Fußgängerzone an und erst um drei Uhr morgens verabschiedeten wir uns mit einem langen Kuss. Ich fuhr mit dem Taxi Richtung Altstadt und vor lauter Gequatsche ließ mich mein Chauffeur am falschen Ende der Fußgängerzone heraus. Es war kurz vor sechs und um Sandra nicht warten zu lassen, kämpfte ich mich durch die unzähligen Leute zur U-Bahn-Station durch. Ungefähr hundert Meter vor unserem Treffpunkt blieb ich wie schockgefroren stehen. Sie stand mit diesem groß gewachsenen Kerl Hände haltend an der Rolltreppe und bei einer Konfrontation hätte ich sicher den kürzeren gezogen. Irgendwann nach fünf oder zehn Minuten verabschiedete er sich und verschwand in der U-Bahn. Entgegen jeder Vernunft drehte ich nicht wieder um, wahrscheinlich war es meine Neugierde, mit welcher Geschichte sie denn das geheime Treffen mit ihrem Freund rechtfertigen werde. Sie begrüßte mich mit einem Zungenkuss und ich versuchte, mir erst mal nichts anmerken zu lassen. Sandra kam aus Russland, war seit drei Monaten in Deutschland und hatte angeblich ein Kunststudium absolviert. Sie wohnte bei einer Gastfamilie in Meerbusch bei Düsseldorf, um ihre Deutschkenntnisse zu verbessern. Im Gegenzug passte Sandra auf deren Kinder auf, da sie unbedingt nach dem Gastjahr in Deutschland als Erzieherin in Russland arbeiten wolle. Zwischenzeitlich saßen wir auf einer dieser großen Hollywoodschaukeln, die sich direkt an den Rheinarkaden an fast jeder Bar befanden. Nach einigem Hin-und-Hergewippe brachte ich die Schaukel mit meinen Füßen prompt zum Stehen.

Ich meinte, was das solle, sie verabrede sich mit mir und ich müsse hinterrücks sehen, wie sie mit jemand anderem rummache. Sandra solle mir einfach nur die Wahrheit sagen. Sei es ihr russischer Zuhälter oder ihr Freund gewesen? Wieso habe sie sich gestern an der Bar gerade mich ausgesucht, sie hätte doch jeden von diesen Typen am Tresen haben können. Wie viel müsse ich für eine Nummer mit ihr abdrücken, wir sollten es schnell hinter uns bringen.

Sie konnte mittlerweile so gut Deutsch, dass sie mir auf jeden Fall eine ausreichende Erklärung geben konnte. Ich solle

jetzt mal von meinem Trip wieder runterkommen. Es sei lediglich ein sehr guter Freund gewesen, der ihr bei dem ganzen
Papierkram, den sie zu erledigen habe, helfe. Sandra meinte,
außerdem werde sie mir jetzt mal etwas sagen, da sie ja ein
Jahr in Moskau gelebt habe: Wäre das ihr Zuhälter gewesen
und sie würde sich seit gestern Abend mit mir hier in diversen
Lokalen vergnügen, dann hätte ich schon längst ein Problem.
In Russland würden solche Leute, die keine Kunden wären,
aber trotzdem die Abende mit diversen Damen aus dem verbrachten, schnell mal im Straßengraben aufgefunden. Hier in
Düsseldorf würde ich vielleicht mit einem blauen Auge da-
vonkommen. Zweitens werde sie mir mal etwas über die russischen Frauen erzählen: Es sei nicht wie hier, wo ein Seitensprung den nächsten mit sich ziehe, das wisse auch der Typ,
der vorher mit ihr an der U-Bahn stand, wenn er ihr Freund
gewesen wäre. Frauen würden in Russland von ihren Männern
in jeglicher Hinsicht verwöhnt und sie verstünden es zu feiern.
Und jetzt zu mir: Wieso sie mich gestern angesprochen habe,
das sei ganz einfach. Sandra habe in dem Lokal gesessen und
mich relative lange dabei beobachtet, wie ich an der Bar dem
Treiben in der Altstadt zusah. Ich strahlte diese Souveränität,
verbunden mit einer gewissen Leichtigkeit, aus, obwohl ich
wahrscheinlich schon sehr viel gesehen und erlebt hätte. Das
sei die Mischung, die sie für so anziehend gewesen sei. Und
außerdem: Wieso sei ich in der Fußgängerzone denn nicht einfach wieder umgekehrt? Sie könne es mir sagen: Weil der gestrige Abend für uns beide der schönste seit Langem gewesen
sei und wir heute das ganze noch steigern würden. Ich wäre
hier in einer fremden Stadt und wisse, dass diese Beziehung
keine Zukunft habe, und doch wolle ich jeden Augenblick mit

ihr genießen. Genau das sei der Grund, wieso wir beide auf dieser Hollywoodschaukel säßen und den Rhein beobachteten. An der Seite standen Heizstrahler, die für eine wohlfühlende Wärme sorgten. Es dämmerte langsam und im Hintergrund lief kubanische Musik. Sandra war mit einer hautengen Jeanshose und einem dicken weißen Wollpullover bekleidet. Sie drehte sich zu mir um und meinte, in ihrer Heimat am Baikalsee gebe es eine ganz bestimmte Pferderasse. Eine Art Wildpferde, die sehr scheu und freiheitsliebend seien. Aber ab und zu, wenn sie den richtigen Menschen träfen, würden sie eine Weile bei ihm bleiben. Diese Hingabe und Leidenschaft, mit der sie die Zeit mit ihrem neuen Freund verbringen würden, sei nur in der großen russischen Weite zu finden. Aber man solle die Zügel nicht zu straff halten, es seien freiheitsliebende Pferde, die bei Bedrängnis auch ganz schnell wieder ihre eigenen Wege gehen würden. Sie sei wie eines dieser Pferde und fühle auch so.

Sandra nahm meine Hand, schob sie unter ihren Pullover, sie hatte keinen BH an und ich konnte die Form ihrer Brüste nur erahnen. Ich lächelte, sah in ihre tiefen, blauen Augen und sagte, ich würde gern meiner Leidenschaft des Deutens nach-gehen. Sandra meinte, sie sei sehr neugierig, wie es denn um meine Fantasie stehe. In diesen strahlend blauen Augen würde ich die unendliche Weite und das Blau des Baikalsees sehen. Das glänzen in ihren Augen sei wie diese vielen kleinen Punkte, die sich bei abnehmender Sonne im Wasser widerspiegelten. Ihre langen blonden Haare seien wie die Mähnen dieser scheu-en Wildpferde, die bei zunehmender Sonne immer schöner würden, glänzend und vom leichten Wind durchkämmt. Und ihr Gesicht zeige die Schönheit dieser Gegend, in der sich euro-päische und asiatische Elemente trafen. Genau dieses Gesicht war es, das mich so faszinierte, russische Schönheit, gepaart mit asiatischen Elementen.

Sandra drückte meine Hand noch enger an ihre Brüste und ihre Lippen pressten sich an meine. Kurze Zeit später sagte Sandra, sie habe sich nicht getäuscht. Diese Souveränität, gepaart mit so viel Fantasie, sei genau das, was sie gestern so beeindruckte. Und wie immer gehe es auch jetzt um den Augenblick und das, was wir daraus machen würden. Wir saßen noch einige Zeit auf dieser Schaukel und unterhielten uns über russische Kunst und meine Leidenschaft zur Musik. Es war zwischenzeitlich dunkel geworden und die Bambusfackeln, die überall leuchteten, gaben dem Rhein ein völlig neues Gesicht.

Wir verbrachten den ganzen Abend an den Arkaden und Sandra wurde mit jedem weiteren Cocktail immer liebesbedürftiger. Morgen werde sie mit ihrer Gastfamilie an die Nordsee fahren, es sei schwierig, so plötzlich eine geeignete Ausrede zu finden, um das restliche Wochenende mit mir zu verbringen. Da ich die nächsten Tage sowieso wieder 13 bis 14 Stunden am Stück arbeiten würde, sei das nicht so schlimm. Ich erzählte Sandra von München, einer Stadt, in der ich mich zwischenzeitlich sehr wohlfühlte. Sie wäre noch nie in München gewesen, es sei aber bestimmt eine Reise wert. Leichtsinnigerweise unterbreitete ich ihr den Vorschlag, ob sie denn einmal ein Wochenende mit mir in München verbringen wolle. Zu meiner Überraschung sagte sie zu, aber die Bahnfahrt hin und zurück könne sie sich nicht leisten. Das sei schon okay, ich würde sie an einem Freitagnachmittag mit meinem Auto abholen und anschließend könnten wir dann wieder die Heimreise nach München antreten. Die Zugfahrt zurück müsse sie sich allerdings selbst finanzieren. An diesem Abend war mir anscheinend nicht wirklich bewusst, welche Strapazen ich mit einer 1400 km langen Nonstop-Fahrt mit einer kleinen Unterbrechung auf mich nahm.

Zwei Wochen später stand ich um ein Uhr morgens an dem wohl hässlichsten Bahnhof Deutschlands in Solingen. Ich stieg aus meinem Auto aus und war noch voller Adrenalin, zugleich müde und mir war kalt. Ein Polizeiwagen fuhr auf und ab und ein paar Prostituierte, die ihre besten Tage wohl schon hinter sich hatten, gesellten sich dazu. Es überkam mich ein Gefühl der Leere und ich fragte mich, ob diese ganze Aktion denn wirklich einen Sinn ergebe. Mein Akku vom Handy war fast leer, ich hatte genau noch einen Strich, der wahrscheinlich für einen oder zwei Anrufe reichte. Würde Sandra nicht gleich ans Handy gehen oder mein Akku früher schlappmachen, könnte ich mir die Kugel geben. Eine dreizehnstündige Horrorfahrt durch die halbe Republik, ohne den Menschen in den Armen zu halten, für den ich diese Strapazen in Kauf nahm. Ich war siebenhundert Kilometer am Stück Vollgas gefahren, um Sandra noch einigermaßen pünktlich abzuholen. Eigentlich sollten wir uns um zehn Uhr in der Düsseldorfer Altstadt treffen. Da ich hoffnungslos aus dem Zeitplan war, teilte mir Sandra irgendwann während meiner stündlichen Anrufe während der Fahrt mit, sie und ihre Freunde würden noch zu einem Club in Solingen fahren. Ich war immer noch voller Adrenalin, wählte Sandras Nummer und sah gleichzeitig, wie der letzte Strich meines Akkus immer schwächer wurde. Ich verfluchte die halbe Welt, da ich mein Ladegerät fürs Handy in München vergessen hatte. Als Sandra ans Telefon ging, fiel eine unbeschreibliche Last von mir. Ich sagte, sie solle mich so schnell wie möglich abholen. Mir sei kalt und dieser Bahnhof wäre wirklich nicht der Ort, an dem ich den Freitagabend verbringen wolle. Ich nahm die herzliche Begrüßung von Sandra entgegen, sie hatte wieder diesen weißen Pulli an und umarmte mich. Sie nahm meine Hand, schob sie unter ihren Pullover und gab mir einen langen Zungenkuss. Wir gingen noch auf ein oder zwei Bier in den Club, um uns ein bisschen aufzuwärmen. Ich wollte ja schließlich noch in derselben Nacht wieder nach München zurückfahren und da Sandra keinen Führerschein besaß, würde die Heimfahrt alles andere als entspanntes Dahingleiten sein. Sie stellte mir ihre russischen Freunde und Freundinnen vor, die alle schon seit geraumer Zeit in Düsseldorf wohnten. Als ich einem ihrer Freunde die Hand schüttelte und ihn ansah, merkte ich, dass es der Typ war, der damals mit ihr an der U-Bahn stand. Er war einen Kopf größer als ich und sein Körper war mehr als durchtrainiert. Er stellte sich als Sergei vor und sagte, das neben ihm sei Swetlana, seine langjährige Freundin. Es war eine sehr gesellige Runde und die viel beschriebene Schönheit der russischen Frauen stellte sich hier in geballter Form dar. Sergei meinte, er kenne wenige Leute in Deutschland, die so viele Kilometer am Stück führen, um ein verlängertes Wochenende mit einer Frau zu verbringen, die sie gerade mal zwei Wochen kannten. In Russland sei das normal, da man dort von einer Stadt zur anderen oft Stunden oder Tage unterwegs sei. Vielleicht hätte ich ja russisches Blut in den Adern. Auf jeden Fall solle ich bei der Heimfahrt gut auf Sandra aufpassen, da sie erst drei Monate in Deutschland sei. Man komme hier als russische Frau bei einer Gastfamilie schnell in falsche Kreise. Ihr solle nicht durch eine Unachtsamkeit meinerseits etwas während der Rückfahrt passieren.

Ich hatte zwischenzeitlich mein zweites alkoholfreies Bier

ausgetrunken und bestellte noch einen doppelten Espresso. Ich sagte zu Sandra, wir sollten jetzt fahren, es sei schon drei Uhr morgens. Wir verabschiedeten uns und gingen Richtung Auto. Meine Müdigkeit hatte sich ein bisschen gelegt und Sandra machte es sich auf dem Rücksitz bequem. Sie deckte sich mit meiner Jacke zu und schlief kurze Zeit später ein. Es war ein eigenartiges Gefühl, die Nacht flog an mir vorbei und ich fuhr quer durch Deutschland mit dem wohl ruhigsten Fahrgast aller Zeiten. Ich drehte mich öfter kurz um und Sandra mummelte sich in meine Jacke ein. Es war zwischenzeitlich acht Uhr morgens und die ersten Sonnenstrahlen bahnten sich ihren Weg in der Dämmerung, als mir plötzlich ein Sekundenschlaf das Adrenalin in die Adern drückte. Ich konnte gerade noch reagieren und krachte nicht in die Leitplanke hinein. Auf dem nächsten Parkplatz stellte ich den Wagen ab und sah, dass mein Fahrgast immer noch schlief und nichts von meinem Beinaheunfall mitgekriegt hatte.

Wir waren bei Würzburg, in einer Gegend, die von vielen Weinbergen umgeben war. Ich saß im Gras und die immer stärker werdenden Sonnenstrahlen betonten den Reiz dieser Landschaft. Eine halbe Stunde frische Luft würde mir die Müdigkeit bestimmt austreiben. Kurze Zeit später spürte ich Sandras Hände an meiner Schulter und sie gab mir einen langen Kuss. Wo wir denn seien? Ich sagte, bei Würzburg, ungefähr dreihundert Kilometer von München entfernt. Aber eines müsse sie mir erklären: Von wo nehme sie nur dieses Vertrauen her, mit jemandem, den sie kaum kenne, nachts durch die halbe Republik zu reisen? Wir hätten zwei wunderschöne Abende in Düsseldorf miteinander verbracht und einige Male telefoniert. Zwischendurch schrieb sie mir noch unzählige SMS. Vielleicht sei ich ja in Wirklichkeit ein kranker Typ, der in dieser Nacht seine Perversionen ausleben wolle.

Sandra lächelte und meinte, ob ich noch diese Geschichte mit den Wildpferden kenne. Diese Pferde wüssten, wem sie vertrauen konnten, sie spürten es. Genauso sei das mit ihr und mir. Die restlichen dreihundert Kilometer bis München kamen mir wie tausend vor. Es war zwölf Uhr mittags und ich stellte den Wagen vor meiner Haustür ab. Selten war ich so froh, wieder in meinem gemütlichen und kleinen Appartement angekommen zu sein. Wir bestellten uns eine Pizza und Sandra erzählte mir noch einiges über russische Gewohnheiten und Bräuche. Nach einiger Zeit überkam uns beide eine gewisse Müdigkeit und ich sagte, ein kleines Nickerchen sei jetzt wahrscheinlich genau das Richtige. Am Abend würden wir uns dann ins Münchner Nachtleben stürzen. Sandra sagte, bevor wir auf die Piste gingen, sollten wir erst miteinander schlafen, das sei nach dieser anstrengenden Fahrt eine willkommene Abwechslung. Sie werde dann auch die Blicke der vielen männlichen Lokalgäste nicht mehr wirklich wahrnehmen. Obwohl sie genügend Stärke habe, jedem von diesen Typen eine Abfuhr zu erteilen, dass ihm die Röte ins Gesicht steige. Ich wusste zwar nicht genau, was sie mit dieser Aussage meinte, aber nachdem wir leidenschaftlich gefickt hatten, kam eine Stunde später die Antwort.

Sie belegte während dieser Zeit mein Bad und ihr Outfit für den heutigen Abend war mehr als sehenswert. Sandra hatte eine hautenge Jeanshose an, die ihre tollen Beine zur Geltung brachte. Schwarze Stiefel, die bis kurz oberhalb der Knie gingen. Ein enges weißes T-Shirt mit dem Abbild von Che, dem kubanischen Freiheitskämpfer. Es war so kurz, dass ihr Piercing am Bauchnabel in Form eines kleinen Steines ein richtiger

Blickfang war. Das ganze vervollständigte eine schwarze Lederjacke. Aber das Allerschärfste waren ihre Haare. Sie hatte sie teilweise zu schmalen langen Zöpfen zusammengeflochten, die mit bunten Stofffäden durchzogen waren. Ich fragte Sandra, ob dieses aufwendige Ritual eine bestimmte Bedeutung hätte. Sie lächelte und sagte, in ihrer Heimat am Baikalsee gebe es einmal im Jahr einen Feiertag, an dem die noch nicht verheirateten Frauen ihre landestypischen Umhänge präsentierten. Es wären bunte Gewänder und ihre Haare seien eben mit diesen schmalen Zöpfen geschmückt, in allen Farben, die man sich nur vorstellen könne. Zwei Nächte lang tanze man mit den jungen Männern aus den Nachbardörfern am Lagerfeuer und jedes Jahr werde man eine oder zwei Hochzeiten in die Wege leiten. Außerdem sei heute ein besonderer Tag, sie sei das erste Mal in München und habe mir ja schließlich ein wunderschönes Wochenende versprochen.

Als wir in der Kantina ankamen, waren bis auf zwei Plätze an der Theke alle anderen belegt, was uns aber nicht wirklich störte. Sandras Outfit hielt, was es versprach, trotz der vielen Leute war sie für kurze Zeit der Mittelpunkt des Lokals. Wir bestellten uns zwei Mojitos und eine Kleinigkeit zum Essen. Die Stimmung war hervorragend und die Musik nicht zu laut, sodass man sich noch in Ruhe unterhalten konnte. Kurze Zeit später kam uns einer der männlichen Gäste entgegen, er war etwa Mitte zwanzig und blieb vor Sandra stehen. Das sei aber wirklich ein schönes Shirt. Sie reagierte blitzschnell und fragte ihn, ob er denn wisse, wer das auf ihrem Oberteil sei. Nicht wirklich. Sandra meinte, genau das sei das Problem: Hätte er in der Schule besser aufgepasst und würde nicht nur von seiner drei Zentimeter langen Zündschnur in der Hose gesteuert, hätte er mehr vom Leben.

Bevor er etwas sagen konnte, ergriff ich das Wort, es sei besser, er würde jetzt weitergehen, sonst gebe es Ärger. Sandra stand von ihrem Barhocker auf und stellte sich zwischen meine Beine und sagte, ich solle cool bleiben. Der Abend sei noch lang und wir könnten ja nachher noch ein kleines Schäferstündchen machen. Ich fuhr mit meinen Händen durch ihr langes Haar und flüsterte ihr etwas ins Ohr. Ob sie denn wisse, dass ich eigentlich ein alter Knacker sei, sage und schreibe neununddreißig Jahre alt, sie dagegen sei gerade mal siebenundzwanzig. Aber im Herzen sei ich erst sechsundzwanzig. Sie musste lachen und sagte, nicht nur im Herzen, auch meine Seele sei jung geblieben. Ich saß mit dem Rücken zum Tresen und direkt vor uns saß ein jüngeres Pärchen. Sandra sorge ja hier wirklich für Nervosität, bei dem Herrn am Tisch gegenüber klappe die Zufuhr des Suppenlöffels zum Mund anscheinend nicht mehr perfekt. Seine Freundin finde das anscheinend aber gar nicht komisch, da er gerade das frisch gebügelte Hemd beschmutzt habe. Sie musste wieder lachen und meinte, sie sei erstaunt von so viel Beobachtungsgabe. Wir verließen die Bar, hinter der sich ein kleiner Innenhof befand. Es war spät und es befanden sich nicht mehr viele Leute auf der Straße. Ich sah mich nach einem Taxi um, da es gegen zwei Uhr nachts war und keine U-Bahn mehr fuhr. Sandra nahm meine Hand und zerrte mich in den Hof, der durch eine große Mauer vom nächsten Gebäude getrennt war. Die Fläche wurde nur durch zwei kleine Lampen des Lokals beleuchtet, ein Hauch von Licht, in dem man fast nichts erkennen konnte. Sie stand an der Mauer, drückte mich an sich und sagte, sie möchte jetzt gefickt werden. Ich presste sie noch dichter an die Wand und ihre Beine umklammerten meine Hüften. Eine Hand von mir streichelte durch ihr Haar, mit der anderen streifte ich ihr langsam das T-Shirt hoch. Das Aufregendste dabei war: Man wusste nicht wirklich, ob man vom Lokal oder von der Straße aus beobachtet wurde. Es war ein Nervenkitzel, der dem sexuellen Höhepunkt das Sahnehäubchen aufsetzte. Als wir daheim ankamen, waren wir beide bester Laune und ein Lachanfall jagte den nächsten. Sandra musste immer wieder daran denken, wie sie die Typen im Lokal reihenweise an die Wand fahren ließ.

Es war Sonntagmorgen und schon kurz vor zwölf Uhr, als ich aufwachte. Die Sonne schien durch das große Glasfenster und Sandra saß, lässig die Beine ausgestreckt, auf meinen zwei Balkonstühlen. Sie hatte ein viel zu großes Shirt von mir an und las eines meiner drei Lieblingsbücher, die sich in meiner Wohnung befanden. Überhaupt war mein Appartement sehr spartanisch eingerichtet, mein Motto in dieser Hinsicht war: Weniger ist mehr. Das Buch gefiel ihr sichtlich, da ein Lachanfall dem nächsten folgte. Für mich war klar, dass es sich nur um mein Lieblingswerk handeln konnte, 600 Seiten geballte Großstadtliteratur. Es war mit sehr viel Humor und Fantasie geschrieben und ein Beweis, dass auch ehemalige Musiker als Schriftsteller sehr erfolgreich sein konnten.

Ich stand auf, zog meine Jeanshose an und ging auf den Balkon. Sandra begrüßte mich herzlichst mit einem Zungenkuss und meinte, die Hauptfigur in diesem Roman weise gewisse Parallelen zu mir auf. Das stimme; einige Sachen würde ich sogar im richtigen Leben anwenden. Anschließend fügte sie noch hinzu, das Lustigste an diesem Morgen sei aber der Blick in meinen Kühlschrank gewesen. Da hätten sich wohl sechs Eier verirrt oder gebe es noch einen anderen Ort, an dem ich das restliche Essen verstecke? Ich musste lachen und sagte, da sie ja meinen Tagesablauf gewaltig durcheinander gebracht habe, konnte ich den vorhandenen Platz nicht mehr mit Bier bestücken. Aber Kaffee sei in reichlichen Mengen vorhanden. Sandra legte das Buch zur Seite und sagte, sie würde uns jetzt ein einfaches Frühstück in Form von Rühreiern machen. Außerdem habe sie nicht geglaubt, dass man sich in einer Wohnung, die so einfach eingerichtet sei, dermaßen wohlfühlen könne. Diese fünf riesigen Ahornbäume direkt vor meinem Balkon vermittelten den Eindruck, als werde man mitten im Wald aufwachen. In der schmalen Straße vor meinem Haus würden kaum Autos fahren. Es sei ein Ort, an dem man sehr viel Kraft tanken könne. Ja, das sei wohl wahr und die dichten Blätter der Bäume würden im Sommer das einzige Fenster im Nachbarhaus verdecken. Deswegen gebe es keine Vorhänge.

Als ich letzten Winter einmal nackt an der Balkontür stand, sei mir das zum Verhängnis geworden. Es lag sehr viel Schnee auf den Bäumen und es war ein wunderschönes Bild, das sich vor meinem Fenster darstellte. Ich wusste damals nicht, dass sich neue Mieter im Haus gegenüber befanden. Als meine neue Nachbarin plötzlich an dem Fenster gegenüber stand, waren wir dann doch beide ziemlich erschrocken. Im Gegensatz zu mir hatte sie einen Morgenmantel an und anscheinend noch keine Zeit gehabt, sich Gardinen zuzulegen. Da stand ich nun mit meiner sogenannten Morgenlatte, den Blicken dieser durchaus attraktiven Frau ausgesetzt. Sie war ja keine zwanzig Meter Luftlinie von mir entfernt und bewertete wahrscheinlich meinen Körper, indem sie mir Noten gab. Das sei wie beim Pokern gewesen: Wer sich zuerst wegdrehte, hatte verloren. Sandra werde es nicht glauben, aber die Partie ging an mich. Ungefähr drei Minuten sei ich am Fenster gestanden, ohne mir was anmerken zu lassen. Sandra krümmte sich vor Lachen und meinte, sie sei stolz auf mich, dass ich auch in extremen Situationen meinen Mann stehe. Ich sagte zu ihr, für ganz besondere Anlässe sei noch ein hervorragender Wein im Keller, der dieses einfache, aber gute Frühstück auf jeden Fall aufwerten werde. Sie sagte, das sei eine gute Idee, nach dem Essen und einigen Tropfen Rotwein würden wir dann wieder ins Bett gehen. In den langen Nächten am Baikalsee habe man genügend Zeit, um sich in dieser Richtung was einfallen zu lassen. Am Abend könnten wir ja wieder auf die Piste gehen. Plötzlich hatte ich diesen Einfall mit einem meiner Lieblingslokale, das sich an einem der schönsten Seen in der Umgebung befand. Er war eine halbe Stunde Autofahrt von mir entfernt und würde Sandra bestimmt gefallen. Es war der ideale Ort, um dieses Wochenende gemütlich ausklingen zu lassen, zudem schmeckten die Cocktails hervorragend.

Wir saßen in einem abgesägten Fischerboot an der Strandbar des Lokals, das zum Sitzplatz umfunktioniert wurde. Wir hatten beide unseren Mojito in der Hand und wussten, dieses Wochenende würde sich, so wie es war, nicht wiederholen. Es war wie mit allem: ein Gesamtbild, das sich durch eine Vielzahl von Situationen ergeben hatte. Sandra sagte, ich könne jederzeit nach Düsseldorf kommen, aber wir müssten uns ein Hotel nehmen, sonst werde sie Ärger mit ihrer Gastfamilie kriegen. In ihrem Budget seien regelmäßige Fahrten nach München einfach nicht drin. Sie wisse, dass mich das jedes Mal eine Stange Geld kosten werde. Wiederum könne man solche Wochenenden aber nicht mit Geld aufwiegen.

Reine Kopfsache

Wir saßen mit Alexander, den ich seit der Schulzeit kannte, auf dem Pier eines Holzstegs am Ammersee. Er war mein bester Freund, jemand, mit dem ich die letzten Jahre durch sämtliche Höhen und Tiefen gegangen war. Meistens rief ich an, um mal wieder ein Gespräch unter Freunden zu führen, aber diesmal bestand er auf einem Treffen am See. Es war spät nachmittags und wir hatten uns an der Tankstelle eine Sechserpackung Bier mitgenommen, um nicht dauernd an die Bar gehen zu müssen. Aber wahrscheinlich würden die gerade mal zwei Stunden reichen und danach hingen wir doch wieder im Beachclub rum.

Ich fragte Alexander, wie lange wir uns denn jetzt schon kennen würden. Etwa 25 Jahre, aber dieser Tag vor zehn Jahren, an dem ich beinahe draufging, sei wohl ein Wink des Schicksals gewesen. Genau das wäre der Punkt, dieser Neuanfang meinerseits sei ins Stocken geraten. Meine guten Vorsätze und Ziele seien in weite Ferne gerückt und ich stochere im Nebel herum. In der Zeit, als mein Vater noch lebte und in der Musikfirma alles rund lief, sei alles so klar und einfach gewesen. Aber die Höhepunkte der letzten fünf Jahre seien drei Affären gewesen, die weit weg von einer normalen Beziehung stünden. Mehr könne ich ja wohl momentan nicht vorweisen. Alexander meinte, er werde mir jetzt mal eines sagen: Wir hätten beide unser Lehrgeld bezahlt, und das etwa zeitgleich. Wenn damals nicht zufällig ein junger, talentierter Arzt die richtige Diagnose bei ihm gestellt hätte, würde er seit Jahren nicht mehr am normalen Leben teilnehmen. Zweitens, wenn mich unter anderem eines auszeichne, dann sei es meine mentale Stärke und Willenskraft. Ich wäre damals beinahe über den Jordan gegangen und gerade wegen dieser Grenzerfahrung sei ich wahrscheinlich heute so undurchschaubar und schwer einzuschätzen. Gemäß unseren sozialen Verhältnissen, in denen wir aufwuchsen, sollten wir uns wirklich nichts vorwerfen. Das Wort Chancengleichheit in Deutschland sei eine Farce und wir hätten beide das Beste aus unserer Situation gemacht. Aber unsere Freundschaft, unseren Mut und unser Selbstvertrauen, das wir seit dieser Zeit entwickelten, könne uns keiner nehmen. Er habe zwar zwischenzeitlich zwei Kinder, während ich mich auf Biegen und Brechen meiner künstlerischen Laufbahn verschrieben hätte. Früher oder später werde mir jemand über den Weg laufen, der diese Leidenschaft mit mir teile , samt meinen Stärken und Schwächen, die ich habe. Ob ich denn eigentlich wisse, wieso er sich gerade heute mit mir treffen wollte?

Na ja, wenn ich mich nicht ganz täuschte, um mal wieder ein Gespräch unter guten Freunden zu führen. Das auch, aber der eigentliche Grund liege schon eine Weile zurück. Vor ungefähr zehn Jahren gab ich anscheinend jemandem leichtsinnigerweise seine Telefonnummer. Er sei ja schließlich der Einzige, der mich an jedem Ort und zu jeder Zeit erreichen könne. Vor etwa zwei Tagen klingelte bei ihm das Telefon. Ob ich denn wisse, wer das gewesen sein könne?

Die Sonne spiegelte sich im Wasser ich nahm einen kräftigen Schluck aus meiner Bierflasche. Ja, es sei jemand, mit dem ich wahrscheinlich unter anderen Umständen heute zusammen wäre und ein glückliches Leben führen würde. Er wolle mir jetzt nicht wirklich sagen, dass sich Manuela bei ihm gemeldet habe. Genau so sei der Stand der Dinge, aber mehr werde er mir nicht verraten. Es ginge nämlich in erster Linie darum, ob ich Manuela wiedersehen wolle; sie wisse, dass wir heute hier am See rumhingen. Alexander drückte mir ihre Handynummer in die Hand. Er sagte, wir sollten jetzt noch ein oder zwei Bier trinken, in der Hoffnung, ich würde die richtige Entscheidung treffen. Es gingen noch ungefähr zwei Stunden ins Land, bis sich Alexander verabschiedete und ich beschloss, Manuela anzurufen. Das Einzige, auf das ich mich verlassen konnte, war schlicht und einfach mein Gefühl. Wieso wollte mich jemand, der vor zehn Jahren einen so klaren Schnitt in seinen Leben vollzogen hatte, wiedersehen? Wiederum ging es einfach nur darum, mit Manuela, die ich nach all den Jahren nie wirklich vergessen konnte, ein paar Worte zu wechseln.

Ich hatte mein letztes Bier in der Hand und die Sonne stand schon relativ tief über dem Wasser. Mein Blick richtete sich Richtung Bar, die zwischenzeitlich fast leer war. Es dauerte ziemlich lange, bis Manuela ans Handy ging. Irgendwann begrüßte sie mich schließlich mit einem leisen Hallo. Sie wisse ja wohl, wer dran wäre, und wo ich gerade sei. Ich würde noch einige Zeit im Beachclub am Hafen rumhängen. Es wäre okay, in einer Stunde sei sie da. Ich saß an der Bar des Clubs und überlegte, wie Manuela überhaupt herkam. Wiederum spielte das keine Rolle, schließlich hatte ich mal wieder einen coolen Nachmittag mit meinem besten Freund verbracht. An der Strandbar lief Reggae-Musik, bei der ich mir einen dieser leckeren Mojitos genehmigte. Nachdem ich fast ausgetrunken hatte, kam mir Manuela entgegen. Ich müsse jetzt nichts sagen, schließlich sei sie es, die mir nach so langer Zeit eine Erklärung schuldig wäre. Es sei verrückt, sich nach zehn Jahren wieder bei meinem besten Freund zu melden. Alexander habe sie ermutigt, nach dem ersten Schritt auch den zweiten zu machen. Ich sagte, Manuela solle sich keinen Kopf machen, es wäre schön, sie wiederzusehen. Trotzdem könne ich mir den eigentlichen Grund ihres plötzlichen Auftauchens nicht wirklich erklären. Sie habe mir damals sehr wehgetan und würde am liebsten die Zeit zurückdrehen. Jemanden, der einen so liebe, aufgrund einer falschen Entscheidung aus ihrem Leben zu kicken, habe sie bitter bereut. Es wäre für sie einfach eine extreme Situation gewesen, nach den Erlebnissen ihrer Jugend jemanden zu haben, der ohne Wenn und Aber zu ihr hielt. Jetzt stehe sie hier vor mir und sei einfach nur glücklich, mich wiederzusehen. Weiter werde sie jetzt nicht gehen, obwohl ihre Aussage von damals, ihr Leben am liebsten mit mir zu verbringen, nie an Bedeutung verloren habe. Nach so langer Zeit käme das für mich wahrscheinlich aber ziemlich unglaubwürdig rüber. Ja, es sei wirklich lange her und ich würde sie an diesem Abend praktisch zum zweiten Mal kennenlernen.

Manuela bestellte noch zwei Mojitos und sagte, es wäre schon eigenartig: Erst nachdem ich weg gewesen sei, habe sie den Mut gehabt, sich mit ihrer Vergangenheit auseinanderzusetzen. Dank einer guten Therapeutin für Traumatologie gebe es in ihrem Leben wieder mehr Licht als Schatten. Es sei so eine Art Gesprächstherapie gewesen, in der die ganzen Momente ihrer Jugend auf einmal wieder in den Vordergrund traten. Es wäre der Horror gewesen, bis dann irgendwann der Punkt kam, an dem es um die Zukunft und nicht mehr um die Vergangenheit ging. Von da an stellte sich die Frage, welche Rolle eine Beziehung in ihrem Leben spielen könne. Das Schwierigste sei, wieder jemandem zu vertrauen, der Nähe eines Menschen, aus der sich dann zwangsläufig Leidenschaft entwickle. Sie wolle mir einfach nur sagen, dass sie versuche, in dieser Richtung wieder in eine normale Umlaufbahn zu kommen. Dazu gehöre in erster Linie, dass sie sich wieder mit jemandem treffen wolle, der ihr nach wie vor sehr viel bedeute. Manuela lächelte und meinte, ich sei ein bisschen älter geworden, aber dafür umso interessanter. Sie hatte sich auf jeden Fall zu ihrem Vorteil entwickelt, kein Zeichen von Unsicherheit oder Angst. Von ihrem Aussehen ganz zu schweigen. Sie war zwischenzeitlich jemand, der es verstand, seine Reize einzusetzen. Manuela fragte mich, was ich denn in der Zwischenzeit so gemacht hätte. Na ja, also diese große Zukunft, die sie mir damals aus den Karten deutete, sei noch nicht wirklich eingetreten. Ich würde aber daran arbeiten und versuchen, meine künstlerischen Ambitionen dahingehend zu lenken, dass man einigermaßen davon leben könne. Die letzten Jahre wären sehr turbulent gewesen und jetzt sehnte ich mich einfach nach ein bisschen Regelmäßigkeit und Stabilität in meinem Leben. Nach jemandem, der morgens mit mir aufwache und nicht nach drei oder sechs Monaten wieder verschwunden sei.

Ich sah Manuela an und bemerkte, dass sie unter ihrer Jacke so was Ähnliches wie einen Seidenschal trug. Außerdem würde ich sie gern mit einem Experiment vertraut machen, das ihr die letzte Unsicherheit in Sachen Nähe und Leidenschaft nehme. Manuela war das erste Mal sichtlich nervös und sagte, sie wolle nicht wieder durch irgendeine Unvorsichtigkeit ins alte Fahrwasser geraten. Es gehe lediglich darum, die Sinne zu schärfen und Vertrauen in sich selbst zu entwickeln. Ich würde ihr mit dem Schal die Augen verbinden, sie solle ganz cool bleiben.

Wir gingen zu dem langen Holzsteg, der sich nur einige Meter von der Bar entfernt befand, und blieben ungefähr in der Mitte stehen. Ich ließ sie los und entfernte mich einige Meter von ihr. Manuela solle versuchen, sich auf ihr Gefühl zu verlassen, und probieren, die Strecke bis zu mir blind zu gehen. Sie war barfuß und kurze Zeit später fand sie sich in meinen Armen wieder. Manuela meinte, das sei das Abgefahrenste, das sie seit Langem gemacht habe. Man nehme das Wasser und das Knarren der Bretter in so einer intensiven Form wahr. Wir setzten uns beide auf den Steg und ich sagte zu ihr, sie solle sich einfach hinlegen und entspannen. Manuela meinte, ich solle jetzt ja keinen Scheiß machen. Sie wusste natürlich nicht, dass ich mir vorher an der Bar noch einen Eiswürfel mitgenommen hatte. Ich beugte mich über sie, streifte ihr Shirt leicht nach oben und sagte, sie solle ganz locker bleiben. Es ginge um das Hier und Jetzt, die Vergangenheit sei weit weg. Mit dem Eiswürfel fing ich langsam an, um ihren Bauchnabel herum zu kreisen, und gab ihr einen langen, intensiven Kuss. Sie solle sagen, wenn ich aufhören solle, es ginge darum, die Grenzen des anderen zu akzeptieren. Manuela lächelte und sagte, dieses Spielchen sollten wir öfter wiederholen, es übertreffe in jeglicher Hinsicht alle therapeutischen Ratschläge ihrer Ärztin.

Wir genossen dieses Experiment noch ziemlich lange, bis ich irgendwann den Schal aus Manuelas Gesicht entfernte. Zu meiner Überraschung liefen einige Tränen über ihre Wangen. Wie schon so oft bei meinen Erfahrungen im zwischenmenschlichen Grenzbereich waren sie der Ausdruck des Schmerzes, aber auch eines Neuanfangs. Ich fragte Manuela, was denn los sei. Sie meinte, egal wie das mit uns ausgehe, eines müsse ich wissen: Eigentlich sei sie im besten Alter, um Kinder in die Welt zu setzen, aber das funktioniere nicht mehr. Gerade deswegen würde sie sich in eine Beziehung, in der es um Vertrauen, Nähe und Leidenschaft gehe, umso intensiver einbringen. Manuela solle sich deswegen nicht so viele Gedanken machen, es gehe in erster Linie um uns und unsere Zukunft. Wir hätten nun genügend Zeit, um uns zum zweiten Mal kennenzulernen, in diesem neuen und anderen Leben.

Wir gingen an die Bar zurück und bestellten uns noch einen Cocktail. Ich fragte Manuela, was sie den eigentlich beruflich mache. Na ja, seit zwei Jahren würde sie in einem Reisebüro arbeiten und sich nebenbei noch ein Zubrot als Übersetzerin für Englisch und Spanisch verdienen. Diese Übung vorher habe ihr den letzten Zweifel über ihren Schritt in eine neue Zukunft genommen. Sie umarmte mich und gab mir einen ausgiebigen Zungenkuss. Es war spät und wir hatten ja schon einiges getrunken. Ich kannte den Besitzer des Lokals ziemlich gut und wusste, dass es in begrenzter Anzahl Zimmer zu vermieten gab. Wir unterhielten uns oft über diese besondere Atmosphäre dieses Ortes. Neben dem großen Restaurant befand sich eine riesige Holzterrasse, die auf Pfählen bis ins Wasser reichte. Vielleicht würde sich ja Manuela auf eine Nacht in dieser angenehmen Umgebung einlassen. Als ich ihr den Vorschlag unterbreitete, stimmte sie gut gelaunt zu und meinte, das sei wirklich eine gute Idee. Wir würden morgen blaumachen und ein ausgiebiges Frühstück auf der Terrasse zu uns nehmen. Das Zimmer, das uns Markus zugeteilt hatte, war sehr großzügig bemessen. In dem Vorraum stand ein Sofa und der Schlafraum war relativ groß. Es war zur Seeseite gelegen und ein Panoramafenster gab den Blick auf die Bucht frei. Ich sagte zu Manuela, die Couch sei genau das Richtige für mich, sie solle es sich im Schlafzimmer gemütlich machen. Am besten würden wir die Türe zwischen beiden Räumen offen lassen. Sie war sichtlich müde und verabschiedete sich mit einem Gute-Nacht-Kuss. Kurze Zeit später schlief sie ein, während ich noch fast die ganze Nacht auf dem Sofa herumlungerte. Von Manuela waren nur ihre langen, schwarzen Haare zu sehen und meine Gedanken beschäftigten sich mal wieder mit meiner künstlerischen Zukunft. Dem Job im Verlag, der mir jegliche Motivation und Kreativität in dieser Richtung nahm. Das beste Beispiel dafür war Roland, mein zehn Jahre älterer Arbeitskollege. Er hatte früher als Restaurator und Aktmaler gearbeitet, bis ihn eine finanzielle Fehlinvestition in die Abhängigkeit dieser Firma mit unzähligen Überstunden getrieben hatte. Wir redeten oft über meine Ambitionen in Sachen Kunst und er wünschte mit einfach nur, dass ich den Absprung schaffe.

Irgendwann gegen drei Uhr morgens schlief ich ein. Erst als mir die Mittagssonne ins Gesicht schien, wachte ich langsam auf. Manuelas Bett war leer, dafür lag aber ein Zettel mit der kurzen Notiz neben mir. Ich sah zum Fenster hinaus und sie lag bereits mit ihren Badeklamotten bekleidet und einem Handtuch auf dem Holzsteg. Eine halbe Stunde später saßen wir gemeinsam auf der wunderschönen Holzterrasse beim Frühstück. Markus, der Besitzer, nahm kurzzeitig auch bei uns Platz und wir genehmigten uns gemeinsam eine Flasche Sekt auf Kosten des Hauses. Da Manuela in einem Reisebüro arbeitete, interessierte mich brennend, wo sie denn die schönsten Tage des Jahres verbrachte. Letztes Jahr im Oktober sei sie in Zypern gewesen, einer sehr schönen Insel, auf der man zu dieser Zeit noch baden könne. Die weißen Strände im Südosten der Region seien der Hammer, es sei eine Gegend, in der man seine Vergangenheit hinter sich lassen könne. Manuela hatte zwischenzeitlich schon zwei Gläser Sekt getrunken und wurde immer liebesbedürftiger. Diese Nähe, vor der sie früher so viel Angst hatte, kostete sie in einer so intensiven Form aus, die mich wirklich überraschte. Es war eine Art Déjà-vu, ein zweite Begegnung in einem anderen Leben, in dem die Karten neu gemischt wurden.

Unsere Flasche war zwischenzeitlich fast leer, als mein Handy klingelte. Auf dem Display erschien eine Nummer, die mir irgendwie bekannt vorkam. Da es aber schon einige Zeit her war, konnte ich sie nicht mehr zuordnen. Als sich dann auf der anderen Leitung plötzlich Andy meldete, mein ehemaliger musikalischer Mentor und Arbeitskollege, war ich vollends aus dem Häuschen. Es sei schön, dass er sich mal wieder melde und mich nicht vergessen habe. Das sei nie der Fall gewesen, ob ich denn noch wisse, über was wir damals in Marseille geredet hätten? Ja, natürlich, es ging um Musik und die Zeit nach einer vielleicht bevorstehenden Kündigung durch unsere Plattenfirma. Ich hätte mich nie mit dieser Situation abgefunden und würde zurzeit für ein schlechtes Trinkgeld in einem Verlag arbeiten. Andy meinte, dann habe er ja zum richtigen Zeitpunkt angerufen. Er brauche jemanden, der musikalischen Sachverstand habe und ein Gespür für neue Trends besitze. Und wenn einer mit irgendwelchen Paradiesvögeln, die neu im Geschäft seien, einen Deal zustande bringe, dann sei ich das. Aber das Allerschönste sei seine dreijährige Tochter, die Klarheit und

Leichtigkeit, mit der sie durch die Welt gehe, öffne einem die Augen fürs Wesentliche. Er sei momentan in London und werde in einer Woche nach München kommen. Ich könne mir in der Zwischenzeit ja das Ganze mal durch den Kopf gehen lassen. Hoffentlich sei das Wetter hier zurzeit besser als in England, er freue sich schon auf gepflegtes Weißbier in heimischer Atmosphäre.

Mit einem Lächeln im Gesicht legte ich wieder auf und Manuela fragte, wer es denn gewesen sei. Ein guter Freund aus der Zeit, in der ich meinen Job noch als bezahlten Urlaub betrachtete, und einer der begabtesten Musiker, die ich kannte. Eines allerdings nähme ich ihm übel, er habe mir seit fast drei Jahren keinen Gitarrenunterricht mehr gegeben. Aber aufgrund seiner neuen familiären Situation sei das nicht so wichtig. Viel interessanter wäre sein Angebot, in dem es um meine berufliche Zukunft gehe. Eine Art Schnüffler für gute Musik und Künstler, die neue Trends setzen. Zusätzlich vielleicht noch eine beratende Tätigkeit für einige etablierte Musiker, zu denen Andy beste Kontakte besaß. Die Frage der Eigenvermarktung sei heute wichtiger denn je. So wie ich ihn kannte, würde der Deal, was das Finanzielle betraf, nicht zu meinem Nachteil ausfallen. Ich fragte Manuela, ob sie sich denn vorstellen könne, mit mir gemeinsam etwas in dieser Richtung zu unternehmen. Sie sagte, mittlerweile sei alles möglich, Hauptsache, wir verbrächten so viel Zeit wie möglich zusammen. Markus, der Lokalbesitzer, sauste gerade an uns vorbei und ich orderte noch eine Flasche Sekt. Zu meiner Überraschung fragte Manuela ihn, ob wir denn das Zimmer noch für eine weiter Nacht buchen könnten. Kein Problem, er werde es dann morgen mit auf die Rechnung setzen.

Wir nahmen unseren Proviant in Form einer Sektflasche mit an den Holzsteg und suchten uns ein gemütliches Plätzchen aus. Manuela war schon wieder im Badeanzug, während ich noch versuchte, meine zwischenzeitlich zu eng gewordene Jeanshose abzustreifen. Ich setzte mich neben sie und betrachtete meine Badehose, die mit einem sehr körperbetonten Schnitt versehen war. Also diese Hose sei nicht wirklich das Nonplusultra, das man momentan trage. Außerdem sei aus meinem Waschbrettbauch zwischenzeitlich ein Waschbärbauch geworden. Manuela konnte sich vor Lachen kaum noch halten, viel wichtiger sei ja wohl, was in der Hose drin wäre. Zu meinem nächsten Geburtstag werde sie mir ein paar Shorts schenken, die kaschierten einiges und seien momentan total hipp. Aber viel bemerkenswerter sei meine Bräune, obwohl ich ja angeblich seit Jahren keinen Urlaub mehr gemacht habe. Na ja, dieser See lade ja im Sommer wirklich zum Baden ein und das mit der Farbe gehe recht schnell bei mir. Aber trotzdem sei das erstaunlich, man könnte denken, ich käme gerade aus der Türkei. Ich musste lachen, etwa wie ein Perser, die hätten im Gegensatz zu mir aber einen Wahnsinnspelz auf der Brust. Das passiere mir immer wieder, das letzte Mal in einem Café habe mich ein Albaner gefragt, aus welchem Teil des Kosovos ich käme. Manuela hatte vor Lachen Tränen in den Augen und klopfte mir auf die Schulter. Für sie sei ich einfach nur jemand mit dem wohl schönsten Waschbärbauch in dieser Gegend. Sie kriege jetzt keinen Sekt mehr, sonst gerate das hier noch außer Kontrolle. Wir tranken die Flasche dann doch noch gemeinsam aus und sprangen zwischendurch immer wieder vom Steg aus ins Wasser, um uns abzukühlen. Am späten Nachmittag hatten wir einen wirklichen Durchhänger, die Sonne sowie der ungezügelte Genuss von Sekt forderten ihren Tribut. Wir suchten uns einen schattigen Platz unter einem der Bäume, um uns kurz auszuruhen. Manuelas Haare waren noch nass und ihre Haut war ebenfalls von einer gleichmäßig schönen Bräune durchzogen. Sie beugte sich über mich und gab mir einen langen Zungenkuss. Innerhalb von zwei Tagen hatte sich aus vorhandenem Selbstvertrauen und Sicherheit auch noch Leidenschaft entwickelt. Während des Abendessens gesellte sich Markus, der Lokalbesitzer, noch zu uns dazu. Bei einem Glas Wein sprachen wir über Architektur, gute Musik und das Erfolgsgeheimnis seines Lokals. Es war die Mischung aus einer sehr experimentierfreudigen Küche und einer schönen, zum größten Teil aus Holz bestehenden Inneneinrichtung. Aber ausschlaggebend sei für viele Besucher diese spezielle Stimmung, die sich in der Abenddämmerung den Gästen biete. Die kleine Bootsanlegestelle vor der Holzterrasse vervollständige den angenehmen Gesamteindruck der kleinen Bucht, in der sich das Lokal befand.

Ungefähr zwei Wochen später saß ich mit Manuela wieder in unserem Lieblingsrestaurant am Ammersee. Es gab keinen besseren Ort, um Andy, der sich mit seiner Familie angekündigt hatte, nach so langer Zeit zu empfangen. Es war Freitagnachmittag und richtig heiß. Ich freute mich, mit meinem musikalischen Mentor ein gepflegtes Weißbier zu trinken und über alte Zeiten zu reden. Als ein schwarzes Cabrio in Form eines alten VW-Ghias an uns vorbeifuhr, wusste ich, dass es sich nur Andy handeln konnte. Durch seinen langen grauen Pferdeschwanz war er nicht zu übersehen. Nachdem sie ausgestiegen waren, stellte er Manuela seine Frau und seine kleine Tochter vor. Diese hatte eindeutig die spanischen Gene ihrer Mutter geerbt. Wir suchten uns anschließend auf der Holzterrasse ein gemütliches Plätzchen. Ich erzählte, dass ich mit Manuela nach sehr langer Zeit wieder zusammen sei und wir uns sehr oft hier vergnügten. Es sei anders als damals, viel intensiver und unbeschwerter. Mein momentaner Job habe genauso viel mit Musik zu tun wie die Jungfrau mit dem Kinde. Eines müsse ich ihm aber sagen, er habe eine wirklich hübsche Tochter, was natürlich bei der Mutter auch kein Zufall sei. Sita lachte und bestellte bei einem Kellner, der gerade vorbeihuschte, noch zwei Bier für ihre Jungs. Ihre Tochter turnte auf Andy herum, der nach wie vor für einen Fünfzigjährigen einen unglaublichen Körper hatte. Er meinte, langsam könnten wir ja übers Geschäftliche reden.

Die Dinge in England hätten sich besser entwickelt als erwartet und mit dem vorhandenen Geld habe er ein kleines Musiklabel gegründet. Der einzige Nachteil sei, er müsse sehr viel zwischen London und anderen Städten hin- und herpendeln. Seine Wohnung in München würde er zwischenzeitlich sehr selten sehen. Seine Idee sei folgende: Mit meinem Gespür für gute Musik und Trends solle ich interessante Bands und Songwriter ausfindig machen. Zusätzlich wolle er seinen Musikern, die er unter Vertrag habe, einen Ansprechpartner bieten, der für sie im süddeutschen Raum zuständig sei. Ich würde als eine Art Agentur fungieren, die sich um alles von der Organisation einer Clubtour bis zu deren Vermarktung kümmere. Die Leute, die man dafür ab und an brauche, könne ich ebenfalls über ihn abrechnen. Für meinen Job gebe es eine richtig fette Stundenpauschale, plus eine Provision für jeden Auftritt, der zustande komme. London, Hamburg und Berlin seien die Städte, in denen er nach interessanten Musikern und Bands suche. Der süddeutsche Raum, Österreich und die Schweiz seien mein Revier. Das

Beste an der ganzen Sache sei aber die freie Zeiteinteilung, man werde sich schnell daran gewöhnen.

Ich sagte, das wäre der beste Deal, der mir seit Langem angeboten worden sei. Eines müsse er mir aber versprechen, erstens solle er mir in der Zeit, die er hier sei, ein paar neue Griffe auf der Akustikgitarre beibringen. Zweitens werde mich Manuela bei meiner Tätigkeit unterstützen und jede Stunde von ihr werde in Rechnung gestellt. Plötzlich ergriff Sita das Wort, das sei kein Problem, zu zweit sei das Ganze sowieso viel reizvoller. Außerdem sollten wir uns, wenn es die Zeit zuließe, öfter mal treffen. Verschiedene Dinge könne man besser unter vier Augen als am Telefon besprechen. Wie nicht anders zu erwarten, wurde es ein feuchtfröhlicher Abend, an dem schon Pläne für die weitere Zusammenarbeit geschmiedet wurden. Da reichlich Alkohol im Spiel war, mussten wir uns zwangsläufig alle in zwei der noch freien Zimmer des Lokals einmieten. Andys Tochter musste einigermaßen pünktlich ins Bett, deshalb wurde es auch nicht zu spät.

Wir saßen mit Manuela auf der Couch in unserem Zimmer und sie sah gedankenverloren zum Fenster hinaus. Ich fragte, was denn los sei. Na ja, ob ich denn wirklich kein Problem damit habe, dass sie keine Kinder mehr kriegen könne. Nein, das wäre schon okay, es gehe in erster Linie darum, unsere noch junge Beziehung zu festigen. Aber eigentlich könne uns nichts mehr aus der Bahn werfen. Ich würde nächste Woche meine Kündigung einreichen und Manuela könne ja erst mal halbtags im Reisebüro weiterarbeiten. Wir würden die nächsten Monate wahrscheinlich öfter mit Andys Familie zusammen sein und sehen, wie sich die Kleine entwickle. Außerdem sei ich zur Feier des Tages zu folgendem Entschluss gekommen. Manuela sagte, da sei sie aber gespannt.

Was halte sie davon, wenn wir im Oktober für zwei oder drei Wochen nach Zypern fliegen würden? Das sei der ideale Ort, um die erfreulichen Ereignisse der letzten Wochen zu verarbeiten. Außerdem kenne sie sich ja schon bestens aus, so ein altes Landhaus nicht weit vom Meer werde uns bestimmt sehr gut tun. Manuela lächelte und meinte, diese spontanen und nicht geplanten Reisen seien sowieso die schönsten. Trotzdem müsse man Prioritäten setzen, andere Dinge wären jetzt wichtiger und kurz danach fand sich ihre Hand in meiner Hose wieder. Das sei jetzt aber sehr unanständig, da müsse ich wohl heute Nacht noch meinen Mann stehen. Na ja, in den letzten Tagen habe sie wirklich ein paar Einfälle gehabt, die mehr als unanständig wären. Jetzt ginge es darum, das Ganze auszuprobieren.

Andy blieb mit seiner Familie noch einige Tage in der Stadt und wir unternahmen noch zahlreiche Touren in einige meiner Lieblingslokale. Eines davon befand sich direkt an der Flaniermeile Münchens, auf der am heutigen Abend noch eines der großen alljährlichen Straßenfeste stattfand. Ich überredete Andy noch kurz dort vorbeizuschauen, vielleicht könnten wir ja noch ein paar Kontakte knüpfen. Er sagte, genau das sei es, was er so an mir schätze, meine Eigenschaft, das Angenehme mit dem Nützlichen zu verbinden. In gewissen Abständen aufgebaute Bühnen mit jungen Künstlern und Musikern sorgten für eine sehr angenehme Atmosphäre. Die Bands waren bunt gemischt und wir stießen tatsächlich auf eine Gruppe, die es verstand, mit Funk, Soul und Pop-Elementen die richtige Mischung zu finden. Nach einem kurzen, aber interessanten Gespräch mit zwei der Bandmitglieder, die einer Zusammenarbeit mit uns nicht abgeneigt waren, verdrückten wir uns wieder zu einem der Bierstände.

Die nächsten Wochen vergingen wie im Flug und dieser Luxus der freien Zeiteinteilung war wirklich genial. Manuela half mir, so gut es ging, bei meinen Aktivitäten, was die Agentur betraf. Wir wohnten beide nach wie vor in unseren Appartements, meine Stundenpauschale, die ich meinem musikalischen Mentor berechnete, reichte locker für die Miete und den Unterhalt des Autos. Der Rest ging für gemeinsame Unternehmungen mit Manuela drauf, zu denen regelmäßig ein gutes Abendessen gehörte. Der teuerste Posten war aber momentan unsere anstehende Reise nach Zypern beziehungsweise dieses Landhaus am Meer, das ich mir einbildete. Dort könnten wir uns am besten für das bevorstehende Jahr vorbereiten. Das einzige Kommunikationsmittel wäre mein Handy, dessen neue Nummer nur Andy und Alexander besaßen. Für Anfang Oktober war es in München relativ kühl, aber in einigen Tagen würden wir ja den Spätsommer auf Zypern genießen.

Als wir beide im Flugzeug saßen, gab mir Manuela immer wieder zu verstehen, ich solle mich darauf einstellen, dass dies in erster Linie ein Urlaub werde, in dem wir uns beide austobten. Sie wolle da weitermachen, wo wir die letzte Nacht in unserem Lieblingslokal am See aufgehört hätten. Anständig könne sie ja in München wieder sein, obwohl das eigentlich auch keine gute Idee sei. Ich lächelte und sagte, sie müsse mir aber noch Zeit lassen, um mich zwischendurch auf meine Tätigkeit in Sachen Musikagentur zu konzentrieren. Manuelas Antwort war folgende: Da seien mal wieder meine Fähigkeiten gefragt, das

Angenehme mit dem Nützlichen zu verbinden. Vielleicht könne sie ja in Sachen Musik etwas Nützliches beisteuern, schließlich kriege sie ja Geld dafür. Für den wilden, hemmungslosen Sex in unserem Landhaus müsse ich natürlich nichts abdrücken. Manuela hatte schon zwei Gläser Sekt getrunken und konnte sich vor Lachen kaum noch halten, als sie meinen Gesichtsausdruck sah. Das wäre natürlich nur Spaß gewesen, mit jemandem wie mir das Bett zu teilen, sei eine Frage der Ehre. Ich bestellte mir noch ein Glas Sekt und meinte, das würden ja bestimmt drei sehr interessante Wochen werden, in denen meine körperliche und mentale Belastbarkeit auf den Prüfstand kommen würden.

Meine Hand glitt unter Manuelas Bluse, sie hatte keinen BH an und genoss meine Streicheleinheiten sichtlich. Der Sekt hatte seine Wirkung nicht verfehlt, da sich ihre Hände wenig später zwischen meinen Beinen wiederfanden. Die beiden Plätze neben uns waren leer und die Stewardessen befanden sich gerade am anderen Ende der Maschine. Als wir landeten, musste ich feststellen, dass Manuela nicht zu viel versprochen hatte, was die Schönheit der Insel anging.

Wir fuhren mit dem Taxi an den zahlreichen weißen Sandstränden vorbei, die nur durch bizarre malerische Buchten unterbrochen wurden. Es war eine sehr karge aber schöne Landschaft, hier würde man sich auf das Wesentliche konzentrieren können. Nach einer halbstündigen Fahrt nahmen wir unser Feriendomizil in Besitz, es war einfach und im typischen Stil der Gegend gebaut. Im Inneren war es sehr geschmackvoll eingerichtet und ein malerischer Strandabschnitt vervollständigte den Gesamteindruck des Hauses. Dafür nahm ich gerne die für meine Verhältnisse sehr teure Miete in Kauf.

Wir lagen zwischenzeitlich am Strand und es waren weit und breit keine anderen Badegäste zu sehen. Manuela beugte sich über mich und ihre nassen Haare streichelten mein Gesicht. Sie kannte mich zwischenzeitlich doch so gut, um zu wissen, dass ich gerade wieder was ausbrütete. Es ging darum, eine Art Zeitplan auszuarbeiten, um nicht komplett den erotischen Fantasien meiner Traumfrau zu verfallen. Wahrscheinlich wäre der Vormittag die beste Zeit, um irgendwelche Konzepte und Strategien zu entwickeln. Bei einem gemeinsamen Frühstück auf der Terrasse könnten wir diese gemeinsam durchsprechen und danach den Rest des Tages am Strand zu verbringen. An den Abenden bot sich ein Ausflug in den nächstgrößeren Ort an, um musikalisches Neuland zu entdecken. Auf jeden Fall könne ich aber meiner Leidenschaft des Beobachtens wieder nachgehen, die unzähligen Cafés am Hafen würden ja förmlich dazu einladen. Als ich mit meinen Gedanken wieder bei Manuela war, fragte ich sie, ob wir denn nicht einige Abende in Larnaka verbringen sollten. Na klar, sie kenne von ihrem letzten Urlaub einige tolle Clubs mit richtig guter Musik. Zwei Tage später war es dann so weit, wir hatten uns in einem Restaurant am Hafen niedergelassen und genossen die gemütliche Atmosphäre des Lokals. Es war sozusagen unser erster gemeinsamer Urlaub in unserer noch so jungen Beziehung und wir mussten feststellen, dass uns die Zeit hier noch näher zusammenbrachte. Meine geschäftlichen Aktivitäten litten ein bisschen darunter, aber das war es mir wert. Außerdem schmeckte der Fisch in diesem Restaurant hervorragend und Manuela wurde nach einigen Gläsern Wein immer gesprächiger. Sie flüsterte mir immer wieder ins Ohr, welche sexuellen Fantasien ihr denn für heute Nacht durch den Kopf gingen. Ich meinte, ihre Experimentierfreudigkeit sei nichts für schwache Nerven, das müsse man erst mal durchstehen. Sie lachte und sagte, es gehe ja hier schließlich um pure Leidenschaft und darum, jeden Augenblick zu genießen, da könne man schon mal eine Schippe drauflegen.

Fehleinschätzungen

Es war gegen elf Uhr abends, als wir beschlossen, das Lokal zu verlassen und in einen dieser Clubs am Hafen zu gehen. Ich ließ mir die Rechnung geben und griff versehentlich in die falsche Tasche meiner Jeanshose, die ich aufgrund meines Waschbärbauches schon seit einiger Zeit nicht mehr angehabt hatte. Anstatt des Geldes kam ein zusammengeknüllter Zettel mit der Adresse und der Handynummer von Assita zum Vorschein. Sie hatte ihn mir vor ungefähr zwei Jahren in einem Münchner Straßencafé in die Hand gedrückt. Nachdem wir gezahlt hatten, verdrückte ich mich in Richtung Toilette. Manuela hatte von meinem versehentlichen Fehlgriff nichts bemerkt. Als ich kurze Zeit später Assitas Nummer wählte, meldete sich am anderen Ende der Leitung eine Stimme, die mir immer noch sehr vertraut war. Sie solle sich nicht wundern, aber ich sei momentan nur einen Katzensprung von ihr weg und wolle sehen, wie es ihr gehe. Ich sei zwar nicht in Beirut, aber auf Zypern, einer wirklich wunderschönen Insel mit einer sehr kargen und schönen Landschaft.

Ich dachte schon, Assita habe aufgelegt, als sie plötzlich mit einigen Worten meine Gefühlswelt ziemlich durcheinanderbrachte. Ich könne mir gar nicht vorstellen, wie nah sie momentan bei mir sei. Um für ein paar Tage ein normales Leben zu führen, habe sie sich entschlossen, ihre Verwandten auf Zypern zu besuchen. Ich überlegte kurz und sagte, nach unserer relativ kurzen, aber sehr intensiven Zeit in München sei sie mir eine Verabredung schuldig. Vielleicht könne ich ja von hier aus den Stein in Form einer Träne deuten. Meine Freundin, mit der ich auf der Insel sei, dürfe natürlich nichts davon erfahren.

Assita willigte nur zögerlich ein, gab aber dann doch ihr Einverständnis für ein Wiedersehen am nächsten Tag. Ich ging wieder zu Manuela, in der Hoffnung, dass sie keine komischen Fragen stellen werde. Sie war sichtlich nervös und fragte mich, wo ich denn so lange gewesen sei oder wären die Toiletten im Nachbarlokal versteckt gewesen. Mir fiel nichts Besseres ein, als meinen musikalischen Mentor und Geschäftspartner ins Spiel zu bringen. Andy habe angerufen, um zu sehen, wie es uns gehe und ob ich vielleicht irgendwelche Kontakte in Richtung Musik geknüpft habe. Er wisse ja um meine Stärke, das Angenehme mit dem Nützlichen zu verbinden. Manuela lächelte, es sei wirklich schwer, sich auf dieser Insel ums Wesentliche zu kümmern. Vielleicht würden wir ja in einem der Clubs fündig werden. Das sei natürlich der Idealfall, aber trotzdem müsse sie morgen für drei oder vier Stunden ohne mich auskommen. Meinen Informationen zufolge werde in der Hauptstadt der Insel seit einigen Tagen eine Art kulturelle Musikwoche mit einheimischen Künstlern stattfinden. Wenn ich allein sei, könnte ich meinem Gespür für Trends am besten folgen und der erste Kontakt mit irgendwelchen Paradiesvögeln werde mir leichter fallen.

Manuelas Nervosität war verflogen und sie gab mir einen

langen, ausgiebigen Kuss. Der Abend in einem der Clubs war mit sehr viel Streicheleinheiten und Gesprächen über unsere Zukunft verbunden. Manuela meinte, vielleicht sei es doch an der Zeit, sich bei unserer Heimkehr nach München nach einer gemeinsamen Wohnung umzusehen. Aber in erster Linie gehe es darum, die restlichen Tage hier auf der Insel zu genießen. Sie befand sich zwischenzeitlich immer öfter auf der Tanzfläche und war, wie an den Abenden zuvor, völlig losgelöst vom Rest der Welt. Ihre Haare wirbelten wild durcheinander und ihr Tanzstil sorgte beim männlichen Publikum für sehr viel Aufmerksamkeit. Obwohl wir beide schon seit sehr langer Zeit nicht mehr rauchten, zündeten wir uns an diesem Abend einige Kippen an. Die Nacht ging bei einigen Cocktails nahtlos in den frühen Morgen über und wir hatten am nächsten Tag einen ziemlich schweren Kopf. Nach einem gemeinsamen Frühstück und einer Erfrischung im Meer machte ich mich auf den Weg in die Hauptstadt.

Während der Taxifahrt überlegte ich, wie sich mein Date mit Assita wohl entwickeln würde. Einen Seitensprung wollte und konnte ich Manuela nicht antun, es wäre ein absoluter Vertrauensbruch meinerseits.

Unser Treffpunkt war ein bekanntes Café in der Innenstadt. Als ich sie durch das Seitenfenster des Taxis mit einem kleinen Jungen im Arm sah, lösten sich meine Befürchtungen eines Seitensprungs in Luft auf. Es sei schön, sie wiederzusehen, ich wusste nicht mehr, dass ich damals in München einer so schönen Frau begegnet war. Sie lächelte und sagte, ich mache aber auch einen sehr zufriedenen Eindruck. Meine Freundin und die Insel würden mir anscheinend sehr guttun. Ich betrachtete den kleinen Jungen in ihrem Arm und sagte, seit unserer letzten Begegnung habe sich bei ihr in Sachen Familie doch einiges getan. Während der Taxifahrt hätte ich mir schon Gedanken gemacht, wie ich denn auf ein unmoralisches Angebot ihrerseits reagieren würde. Bei ihrem Aussehen wäre es mir sehr schwergefallen, standhaft zu bleiben.

Ich fragte sie, ob ich den Kleinen mal in die Arme nehmen könne, genau genommen habe er eine gewisse Ähnlichkeit mit mir. Der Kleine klammerte sich um den Hals und kurze Zeit später fanden sich Teile seines Frühstücks auf meinem T-Shirt wieder. Assita musste lachen und sagte, das sei ein Zeichen seiner Zuneigung, er würde mich mögen. Nachdem ich die Flecken einigermaßen entfernt hatte, fragte ich Assita, wie der Kleine überhaupt heiße. Jetzt, nachdem wir uns angefreundet hätten, müssten wir uns ja beim Namen nennen. Samuel sei von Anfang an ihr Favorit gewesen. Leicht ungläubig fragte ich sie, wie man denn gerade auf so einen Namen komme, wenn man im Libanon lebte. Ich wisse doch, dass sie nach wie vor der christlichen Minderheit in ihrem Land angehöre, und diesem Glauben müsse man auch Rechnung tragen. Assita sagte, sie müsse jetzt ein paar Telefonate führen und einige Einkäufe erledigen. Zwischenzeitlich könne ich ja auf ihren Sohn aufpassen. Sie werde spätestens in einer halben Stunde wiederkommen und den Kleinen dann stillen. Samuel verhielt sich in der Zwischenzeit richtig professionell und behielt den restlichen Teil des Frühstücks bei sich.

Nach einer knappen Stunde kam Assita wieder und kümmerte sich wieder um ihn. Ich fragte sie, wie denn die momentane die Lage in Beirut sei. Na ja, die Überfahrt nach Zypern sei mit einigen Schwierigkeiten verbunden gewesen, aber sie habe die nötigen Kontakte, um diese zu umgehen. Sie verbringe momentan sehr viel Zeit an ihrem Lieblingsplatz oberhalb der Stadt. Dieser Hügel mit dem Stein in Form einer Träne sei nach wie vor ein sehr spiritueller Ort. Ich überlegte kurz und sagte, vielleicht könne ich ja durch mein Talent des Deutens noch eine andere Erklärung für dieses Symbol finden. Assita solle mir die Umgebung doch noch mal genau beschreiben, vielleicht habe sie ja damals was vergessen. Sie lächelte und sagte, es sei schön, mal wieder jemanden mit einem außergewöhnlichen Charakter in ihrer Nähe zu haben. Eines habe sie damals nicht erwähnt: Diese Anhöhe mit dem vom Wind geformten Stein. Man habe von dort aus einen ungehinderten und unglaublich schönen Blick aufs Meer. Ich versuchte, mir diesen Ort bildlich vorzustellen, noch irgendetwas wahrzunehmen, das einen Hinweis ergab. Während ich einen Schluck von meinem Kaffee trank, wurde mir der geschichtliche Hintergrund dieser Region bewusst und es gab eigentlich nur eine vernünftige Erklärung. Assita solle sich eines vorstellen, dieses Symbol sei ein Zeichen für den unendlichen Schmerz und die Trauer dieser Region. Eine Gegend, die seit mehr als zweitausend Jahren das Schlachtfeld unterschiedlicher Glaubenskriege war. Vielleicht würden ja genau hier die Weichen für die weitere Zukunft gestellt. Stünde man vor dem Stein, der laut ihrer Beschreibung innen hohl sei, und blicke Richtung Meer, könne man ein Symbol in Form eines Wassertropfens erkennen. Aus meiner Sicht gehe es in naher Zukunft nicht mehr ums Öl, sondern um das viel kostbarere Wasser. Dieser Stein sei ein Symbol der Hoffnung und des Neuanfangs. Die gerechte Verteilung von Wasser und dessen fundamentale Bedeutung für die Menschen in dieser Gegend würden irgendwann die religiösen Konflikte in den Hintergrund schieben. Komme es zu einem Verteilungskampf, der wieder in Gewalt ende, dann sei das ein weiteres Beispiel dafür, dass politisches Interesse vor dem Wohl der Bevölkerung stehe. Und nur die sei es, die das Ganze zum Umsturz bringen könne. Genauso wie sich das kommunistische System irgendwann selbst überholte, als die Leute zu Tausenden auf die Straße gingen.

Assita sah mich an und fragte mich, von wo ich nur diese Vorstellungskraft nehme, um bestimmte Dinge zu interpretieren. Ich lächelte und sagte, es gehe in erster Linie darum, in Bildern zu denken, und um die Situation, die daraus entstehen könne. Sie legte ihre Hand auf meine Schulter und gab mir einen Kuss. Es sei schade, dass ihr Kurztrip bald zu Ende gehe, und sie habe immer gehofft, mich noch einmal wiederzusehen, damit ich die ganze Wahrheit erführe.

Das verstünde ich jetzt nicht wirklich, hätten wir in unserer kurzen und intensiven Zeit nicht immer über alles gesprochen? Es sei doch immer um Ehrlichkeit und Vertrauen gegangen, egal wie lange eine Beziehung dauere. Sie hatte zwischenzeitlich wieder den Kleinen im Arm und sagte, ich hätte vorher mit meiner Äußerung gar nicht so unrecht gehabt. Die Ähnlichkeit des Kleinen mit mir sei wirklich nicht zu übersehen, er wäre ja schließlich auch mein Sohn. Ich sah Assita ungläubig an, das sage sie mir jetzt so nebenbei. Solle das heißen, wenn ich nicht zufällig angerufen hätte, wäre ich weiterhin durch die Gegend gelaufen, als sei nichts passiert? Dass ich irgendwann ein Kind in die Welt gesetzt hätte, sei wohl das Mindeste, das man mir auf irgendeine Weise mitteilen könne. Assita hatte Tränen in den Augen und der Kleine wurde auch ziemlich unruhig. Ich umarmte sie und meinte, es würde mir leidtun. Ich sei mit der Situation einfach überfordert gewesen.

Sie habe lange überlegt, ob sie sich bei mir melden solle, und sei immer wieder zu demselben Entschluss gekommen. Jemandem, mit dem sie eine so schöne und intensive Zeit hatte, das Gefühl zu vermitteln, ihm nur wegen einer Aufenthaltsgenehmigung ein Kind angedreht zu haben. Aber eines solle ich wissen. Dieses Kind sei schlicht und einfach der lebende Beweis für unsere relativ kurze, aber sehr intensive und leidenschaftliche Beziehung. Im Libanon sei es nicht ungewöhnlich, dass Töchter oder Söhne ohne ihre Väter aufwuchsen. Es war das erste Mal seit Langem, dass mich meine Souveränität und eine gewisse Leichtigkeit im Stich ließen. Jetzt würde ich Assita mal eines sagen: Das hier wäre unser gemeinsamer Sohn, für den ich eine gewisse Verantwortung trüge. Es sei wohl das Normalste von der Welt, dass er beide Elternteile kennen- und lieben lerne, da ich ja nicht irgendwo im Krieg gefallen wäre. Samuel solle nicht täglich Angst haben, irgendeine fehlgeleitete Granate eines Verrückten abkriegen zu müssen. Es reiche, wenn sie einmal diese Erfahrung gemacht habe. Genau das sei meine momentane Ansicht der Dinge. Sie war von meinem emotionalen Auftreten sichtlich verunsichert und fragte, wie ich mir denn das in der Praxis vorstelle. Schließlich stünde ich endlich in einer glücklichen Beziehung, die sie auf keinen Fall in irgendeiner Weise gefährden wolle. Ich überlegte kurz, in erster Linie gehe es erst mal darum, Manuela die Wahrheit zu sagen, da sie von unserem Treffen nichts wisse. Wenn sie erfuhr, dass ich einen Sohn habe, gäbe es erst mal ein richtiges Besäufnis. Assita müsse eines wissen: In meiner noch so jungen und glücklichen Beziehung mit Manuela gebe es einen Wermutstropfen: Sie könne leider keine Kinder mehr kriegen und diese Wunde werde ab und zu immer noch aufbrechen. Zudem könne ich Assita versichern, ich wäre damals nie im Leben auf die Idee gekommen, dass sie sich wegen einer Aufenthaltsgenehmigung von mir schwängern ließe. Wenn das wirklich der einzige Grund gewesen sei, um wieder in den Libanon zu gehen, könne sie ja ohne schlechtes Gewissen wieder zurückkommen. Es werde viel Papierkram auf uns zukommen, aber rein rechtlich sei ich der Vater und sie könne in Deutschland mit Samuel ein ganz normales Leben führen. An meiner Beziehung mit Manuela würde das nichts ändern, sie sei tolerant genug, um mit dieser Situation umzugehen. Schließlich begann die Sache zwischen uns, bevor ich Manuela wieder begegnete. Es wäre schön, wenn Assita uns ab und an mit Samuel besuchen würde. Aber letztendlich sei das ihre Entscheidung, ich könne und wolle sie zu nichts zwingen.

Sie meinte, das mit Manuela täte ihr so leid, ein kleiner Zwerg bringe so viel Abwechslung und Freude in den Alltag. Eine Träne lief über ihre Augen, ja, sie würde gerne wieder nach Deutschland kommen. Vielleicht könne sie ja wieder in ihrem alten Viertel in München eine einigermaßen günstige Wohnung kriegen. Samuel würde sich dort bestimmt auch sehr wohlfühlen, da das Freizeitangebot wirklich hervorragend sei. Bestimmt gebe es noch Unmengen von Behördengängen zu bewältigen und vieles könne ich wahrscheinlich nur von Deutschland aus regeln. Meine restlichen Urlaubstage auf der Insel würden wohl nicht sehr erholsam werden. Sie müsse ja in ein paar Tagen wieder zurückfahren, aber wir würden telefonisch in Kontakt bleiben, um alles in die Wege zu leiten. Ich müsse mich wahrscheinlich einem Vaterschaftstest unterziehen, um die rechtliche Grundlage für Samuels Zukunft zu schaffen. Das sei wohl nicht so schlimm und wenn und wir der

Formalität wegen heiraten müssten, würde ich das auch noch durchziehen. Manuela habe nicht mal damit ein Problem, da es sich ja nur um ein Stück Papier handle, das nach außen hin einen bestimmten Status quo darstelle.

Assita müsse wissen, dass ich ein sehr gespaltenes Verhältnis zur katholischen Kirche hätte. Der Widerspruch zwischen Anspruch und Wirklichkeit dieser Institution sei so haarsträubend, wie man es sich nur vorstellen könne. Das ziehe sich wie ein roter Faden durch die letzten zweitausend Jahre. Ich sei froh, evangelisch getauft worden zu sein, da sich seit Luthers Zeiten eine gewisse Toleranz und Ehrlichkeit in Glaubensfragen entwickelt habe. Assita war sichtlich angetan von meiner klaren Sicht der Dinge und meiner Vorstellung, ihre Zukunft betreffend. Samuel war zwischenzeitlich auf ihrer Brust eingeschlafen. Wir tranken noch eine Tasse Kaffee, als sich Assita wenig später mit einem langen Kuss verabschiedete. Manuela werde ihr das sicher verzeihen. Nach so einem ereignisreichen Nachmittag hätte ich einen würdigen Abschied verdient.

Es war später Abend, als ich mit dem Taxi wieder in unserem Ferienhaus im Südosten der Insel ankam. Manuela lag auf der Terrasse hörte lautstark Musik von den Rolling Stones. Sie bekam von meiner Ankunft nichts mit, erst als ich mich von hinten anschlich und ihr einen langen Zungenkuss verpasste, nahm sie mich wahr. Anscheinend sei meine heutige Suche nach etwas Neuem ein voller Erfolg gewesen, da es ja schon ziemlich spät sei. Ich lächelte und sagte, na ja in gewisser Hinsicht stimme das. Auf jeden Fall würde eine Flasche Rotwein an so einem Tag für den idealen Ausklang sorgen. Es gebe einiges zu besprechen und Manuela solle nicht vom Stuhl kippen.

Als ich mit zwei Gläsern und dem Wein wiederkam, war sie sichtlich nervös. Ich nahm einen kräftigen Schluck zu mir und sagte, dieser Anruf gestern sei nicht von Andy gewesen. Genau genommen rief mich niemand an, sondern ich nahm mit jemandem Kontakt auf, dessen Adresse ich zufällig in meiner Hosentasche fand. Es sei Assita gewesen, mit der ich vor unserer Beziehung eine dreimonatige Affäre hatte und die danach wieder in den Libanon gegangen sei. Ich wollte sie nur fragen, wie es ihr gehe, da Beirut ja praktisch nur einen Katzensprung von hier entfernt sei. Zu meiner Überraschung erfuhr ich am Telefon, dass sie sich momentan ebenfalls auf Zypern aufhalte. Das mit dem heutigen Treffen sei aber meine Idee gewesen. Die kleine Notlüge mit Andy hätte ich spontan erfunden, da ich von der Situation einfach zu überrascht gewesen sei. Aber bei dieser Verabredung heute sei nichts passiert, das müsse mir Manuela glauben. Ich wäre mit Assita nicht alleine in diesem Café gewesen und wir hätten entgegen meinen Erwartungen einiges zu besprechen gehabt.

Manuela nahm ebenfalls einen kräftigen Schluck aus ihrem Weinglas und meinte, da sei sie aber neugierig. Assita habe ihren kleinen Sohn dabeigehabt, einen wirklich süßen Kerl. Ich nahm noch mal einen großen Schluck Wein zu mir. Na ja, der Vater von diesem kleinen Etwas, das auf den Namen Samuel höre, wäre ich, nicht mehr und nicht weniger. Manuela verschluckte sich und nach einem Hustenanfall herrschte einige Zeit Funkstille. Das sei jetzt nicht mein Ernst, ich hätte einen kleinen Sohn, von dem ich bis zum heutigen Tag nichts gewusst hätte?

Ja, genau so sei es, aber die ganze Geschichte könne ich ihr heute nicht mehr erzählen. Eines hätte ich Assita aber versprochen: Mein Sohn solle nicht in einer Krisenregion im Libanon aufwachsen. Wenn wir wieder in München seien, würde ich die nötigen Schritte für eine Einreise der beiden treffen. Durch einen Vaterschaftstest könne ich ja die rechtliche Grundlage für Assitas und Samuels Aufenthalt schaffen. Sie würden in München natürlich ihre eigenen Wege gehen. Natürlich sei es schön, so viel Zeit wie möglich mit meinem Sohn zu verbringen, aber das Ganze solle auf freiwilliger Basis stattfinden. Ich würde in mehr oder weniger aufwachsen sehen, ohne dass sich an unserer Beziehung irgendetwas ändere. Im weitesten Sinne sei das so eine Art Patchworkfamilie. Aber letztendlich gehe es darum, was Manuela von der ganzen Sache halte. Ich würde nicht gern unsere Beziehung aufs Spiel setzten, dafür hätten wir schon zu viel erlebt.

Manuela schmiegte sich an mich und fragte mich, ob ich mich denn noch erinnere, wie sie mich damals in einer anscheinend so ausweglosen Situation nicht mehr an ihrem Leben teilhaben ließ. Denselben Fehler werde sie nicht zweimal machen. Ein Leben mit mir, neuen Freunden und einem weiteren kleinen Familienmitglied sei das Beste, das ihr die letzten Jahre passiert sei. Am nächsten Morgen saßen wir beide beim gemeinsamen Frühstück auf der Terrasse. Bei einer Tasse Kaffee überschlug ich die Stundenabrechnungen, die wir Andy in Rechnung stellen würden. Also, wenn ich mir das genau ansähe, sei mein Verdienst die letzten zehn Tage mehr als spärlich. Zudem seien da noch Manuelas Stunden, die ich ihr ja auch auszahlen müsse. Außerdem sei es ganz schön provokant, hier so ganz harmlos mit aufgeknöpfter Bluse zu sitzen, während ich meine Schnitte verzehrte. Wie solle ich mich da auf meine Arbeit konzentrieren? Manuela lachte, also was ihre Stunden angehe, könne ich diese in den nächsten Tage abarbeiten. Am besten ich finge gleich damit an, um keine Zeit zu verlieren. Ihre Hände fanden sich in meiner Jeanshose wieder und ein ausgiebiger Zungenkuss gab die Richtung an. Ich fragte sie, ob ich denn Überstunden machen könne, dieses Wort habe seit heute eine völlig neue Bedeutung für mich. Ich würde wie immer Blut und Wasser schwitzen, da ließe ich mich nicht lumpen. Manuela bekam wieder einen ihrer Lachanfälle und sagte, genau so kenne sie mich: voll auf den Augenblick fixiert, um das Beste aus der Situation zu machen.

Nachdem der Vormittag mit ausgiebigen Experimenten in Sachen sexuelle Fantasien zu Ende ging, nahmen wir uns eine Auszeit, um an den Strand zu gehen. Ich beugte mich über Manuela und sagte, mir sei da gerade etwas durch den Kopf gegangen. Es wäre schön, wenn wir unsere Liebe mit einer Tätowierung komplettieren würden. Vielleicht jeweils ein gebrochenes Herz auf einen unserer Oberarme, um uns wiederzufinden, wenn wir uns verlören. Ich solle ihr glauben, sie würde mich an jedem Ort und zu jeder Zeit wiederfinden. Aber die Sache mit dem Tattoo sei trotzdem eine coole Idee.

Als wir eine Woche später wieder in München waren und unsere Symbole in Form zwei gebrochener Herzen noch ziemlich schmerzten, saßen wir beide in einem meiner Lieblingscafés. Es schneite dieses Jahr relativ früh und wir beobachteten die wenigen Leute, die vorbeigingen. Ich sah zum Fenster hinaus und sagte zu Manuela, es sei schon eigenartig: Vor ungefähr fünf Jahren, als mein Leben, so wie ich es kannte, nicht mehr stattfand, saß ich genau an diesem Platz. Die letzten Jahre seien eine Art Zeitreise gewesen, die mir meine Grenzen aufzeigte.

Im Nachhinein ein kurzer Augenblick, in dem sich Unmengen von Situationen und Ereignissen abspielten. Das erste Mal nach sehr langer Zeit hatte ich Tränen in den Augen und musste an meinen Vater denken. Manuela umarmte mich. Ja, genau so wäre es: Die Summe aller Augenblicke mache mich zu dem, was ich sei. Ein undurchschaubarer Charakter voller Überraschungen und mit einer gehörigen Portion Mut. Es gebe nicht mehr viele Menschen, die sie überraschten, aber ich sei einer davon.